業界怪談

中の人だけ知っている

NHK「業界怪談　中の人だけ知っている」制作班・編

NHK出版

彼岸風呂

まえがきに代えて

いまではとても考えられないが、平成の半ば頃までのテレビ業界はいわゆる「3K」。連日の残業はあたりまえ。働き方改革などまだ遠い未来の話で、番組の放送日が近づけば、深夜遅くまで働かないとうしろ指をさされるという常軌を逸した労働環境だった。当時、駆け出しのADだった私は、明日こそは意地悪なプロデューサーの顔面に辞表を叩《たた》きつけてやる、と呪文のように念じながら仕事場へ向かうものの、結局、目の前に積み上げられた仕事に忙殺されて、夕方にはすっかり忘れてしまう、そんな日常を過ごしていた。

当然、耐えられずに辞めてしまうスタッフも多かった。つい先ほどまで隣のデスクに座っていた同僚が、気がつけば消えてしまうのはよくある話で、あまりに入れ替わりが激しいせいか、名前はおろか、顔さえもおぼつかないままということもざらだった。

この業界の誰もがいつも疲れきっていた。生気のない顔つきでゾンビのようにあてどなく街をふらついている人を見れば、それが仕事場で見たことのある顔だったりもした。「生気のない」のは、当たり前なのかもしれない。程度の差こそあれども、テレビ業界では、他人のプライバシーや立ち入り禁止の場所に土足で踏み込むことが日常茶飯事で行われている。当然、何かの怒りを買って、よからぬものも引き寄せてしまうこともあるだろう。放送局やスタジオは大抵いわくつきで、「あそこは出るよね」なんて話がゴマンとある。建物には取り憑《つ》くけれども人には憑かないなんて、そんな都合のいい話もない。多かれ少なかれ、すべてのテレビ業界人は、単なる疲労以上の穢《けが》れを身に纏《まと》い、毎日をどうにかやり過ごしているのだ。

そんな日々のささやかな楽しみが、当時とある放送局の二階にあった大浴場での入浴だった。時間をやりくりして、真っ昼間から束《つか》の間の入浴を楽しむ。壁を隔てたほんの数メートル向こう側では、いまも誰かがあくせくと働いている。そんな時間帯にのんびり湯に浸かる。うしろめたさとないまぜになった背徳感がたまらなかった。

素気ないタイル張りの洗い場と十人ほどは入れそうな広々とした湯船。大きな強化ガラスの窓から柔らかな日の光が差し込んで、ゆらゆらと立ち上る湯気に反射し、水面に影を落としていた。

こびりついた汚れを削ぐように洗い落とし、ピリッとしたまっさらの湯に飛び込めば、この先にも地獄が続いていることなどすっかり忘れてしまいそうになった。

湯気の向こうに先客らしき人影があるのが見えた。極度の近視のせいで、眼鏡《めがね》を外すとぼんやりとして、顔はよくわからない。しかしシルエットは確かに人間のそれだ。黒いクレヨンでこすったような影が、水面に海坊主のように揺らめいている。入ったときには誰もいなかったはずだったのに、と思いながら、何か既視感があることに思い至った。前にもこんなことがあったな、と。

「前にも」……いや、前になんかじゃない。

朝でも晩でも、その人影はいつ、いつ、いつもそこにいるのだ。

いくら風呂好きだったとしても、一日中湯船に浸かっている人間などいるわけがない。極限状態が生みだした幻か、あるいはこの世ならざる者なのか……。瞬間、湯の中で全身の肌が粟立《あわだ》ち、ゾクッと震えるような気がした。しかし、すぐさま震えは収まった。

心底疲れきった私にとっては、風呂好きの幽霊だろうが、幻覚だろうが知ったことじゃない。この束の間の安息さえ邪魔してくれなければ……それでよかった。

そうだ、私と同じように、幽霊だって湯を楽しみたいのだ。邪魔されることなく、心ゆくまで。

考えてみれば、彼らは私たちと何も違わない。顔も知らなければ、互いに名前も知らない。向こうからしてみれば、むしろ私たちのほうが幽霊なのかもしれない。

いまもその放送局に大浴場があるのかどうかは知らない。


この世に数多《あまた》、業界あり。そこには、業界の内側にいる人間なら「あるある」の一言で済ましてしまうような「業界怪談」が少なからずある。

それは、同じ業界で飯を食べている仲間同士が共有する、いわば公然の秘密。

秘密を語りあうとき、人はよそ行きではないすっぴんの顔をさらす。それは嘘《うそ》も飾る必要もない本当の姿だ。たとえ、語りが上手《うま》くなくても、「業界怪談」が部外者である私たちの心をざわざわと騒がせるのは、まごうことなき本物だからだ。

怪談の向こうを覗《のぞ》けば、その業界のリアルな姿が透けて見える。

ページをめくれば、そこはもうあなたのいる「業界」だ。


「業界怪談 中の人だけ知っている」企画プロデューサー・ドキュメンタリージャパン　檀乃歩也《だんのぶや》

目次

【怪談小説】

文・橘もも

【業界関係者座談会】

建設業界

住宅や商業施設を建てて新しい街づくりを担う建設現場の人々は、意図せずして触れてはならないものを掘り起こし、動かしてはならないものを移築し、人ならざる何かの怒りに触れてしまうことがある。古くからその場所にあり続ける何かに。どれほど入念にお祓《はら》いをしても、敬《けい》虔《けん》な気持ちで臨んでも、ただその現場にいたというだけで。

地下からの声

村《むら》田《た》智《さとし》さん（仮名・リフォーム会社経営）

幽霊が出るらしい、と早くから噂《うわさ》にはなっていた。

もう二十年近く前、大規模な都市開発の現場でのことだ。東京の夜景が一望できる数十階建ての商業ビルに、映画館やイベントスペースなどをつくり、そこに行けばなんでもある、と人々が胸を膨らませて集まる夢のような場所ができると聞かされていた。数えきれないほどたくさんの業者が出入りするから、俺が関わるのはほんの一部だったし、高校を卒業して数年、駆け出しの新人である俺にできることはたかが知れている。それでも、この先も何度あるかわからないと思うほど大きな現場に、俺の胸ははやった。

そこで、聞いたのだ。地下に幽霊が出るらしいぞ、と。

カラカラカラ、と何かを引くような音がするという。その現場に居あわせた何人もが音を聞いていた。中には、白い服を着た女を見たという者も。

「呪われた現場なんだよ、ここは」と先輩が言った。

「もともとこのあたりは神社が多かったんだ。それを工事のためにまとめてどこかに移築した」

「移築したならいいじゃないですか。なくしちゃったわけじゃないんでしょう」

「そういうもんじゃねえんだよ。神様っていうのは、その土地に根づくもんだろ？もともとあった神社は潰して更地にしちゃったわけだからさ。ちょっと考えてみろよ。お前の住んでいる家、いきなり潰されて、新しく家を用意したから移ってねって言われて、納得できるか？」

「できないっすね」

「神様だって同じだよ」

先輩が力説するのにはわけがあった。

実際に見たのだと言う。重機で地面を掘り起こしているとき、砂利の隙間から錆《さ》びた赤い色の血が溢《あふ》れ出るところを。けれど、慌てて重機から降りて覗《のぞ》き込むと、そこには何もなく、ぽっかりと穴だけがあった。でも絶対に見間違いなんかじゃなかった、と先輩は言う。

「お前も気をつけろよ」

はあ、と俺は生返事をした。おおまじめに嘘をつくような人ではないのは知っていたものの、にわかには信じがたかった。地下での噂も、ただの見間違いか何かだろうと思っていた。

地下には、臨時のゴミ捨て場が設置されていた。地下といっても、防空壕みたいな穴倉なんかじゃない。壁も床もコンクリートで整備されていて、においがこもることもないし、地上よりもきれいなくらいだ。ただ、一日の終わりにゴミを捨てに行くとき、日が暮れていることは当然あって、重い台車を引きながらひとり、心細い気持ちになることはあった。

びびってるから、そんな変なものを見た気になるんだろう。

そう思っていた。だって、俺はなんともない。何かいるかもしれない、なんて違和感を覚えたことすらない。

だけど、噂はやまなかった。

それどころか、白い服を着た女を見たという声が聞こえてくるたび、現場の空気が少しずつ歪《ゆが》められていくような気がした。

そうして一か月くらい経《た》った頃だったた、異変が起きはじめたのは。

「誰だ、こんなことをしたやつは！」

朝礼で、現場を統括する監督が激怒していた。

高層階の外装作業をするために設置された仮設のエレベーターが、夜のうちに動かされていたという。

エレベーターといってもそれはリフトに近いもので、乗る許可を与えられている人は限られている。慣れた人間でないと事故を起こす可能性もあるから、監督の許可なく動かすことすら許されない。一日の終わりには必ず一階に戻し、監督だけが持つカギでロックして、誰にも手出しできないようにする。

それが朝来てみたら、つくりかけのビルのまんなかあたりに上昇していたのだ。

いたずらが過ぎる、と思った。

何かのはずみで落下したら大惨事になりかねない。そもそも、国や自治体が関わるほどの大きな現場でルールを破るようなことをすれば、へたすると今後、この業界でやっていけなくなってしまう。

監督からの叱責があった後、各業者の責任者からさらに厳重注意があった。監督の形相を見れば、どんなにヤンチャな奴でも二度はしないはずだと、誰もが思っていたはずだ。ところが。

また別の日、現場にやってくると、みんながざわめきながら上空を見上げていた。そこには、またもや上昇したエレベーターの姿があった。

監督は怒った。

各業者の責任者も、ゼネコンのおえらいさんも険しい顔で警告した。

それでもまた、それは起きた。毎日ではない。けれど数日おきに、何度も、何度も。そんな状況が一か月くらい続いて——

ただのいたずらではないかもしれない。

誰もがそう思いはじめていた。

だって、おかしいのだ。カギがなければエレベーターは動かせない。これだけの数の業者が出入りする現場で、人の目を盗んでカギを持ちだし、誰にも見とがめられずにエレベーターを上昇させるなんて。やった本人どころか、所属する会社ごと出入り禁止にされて職を失うようなリスクを冒そうとするやつがいるとも思えない。

人じゃ、ないのかもしれない。

不穏な空気がじわりじわりと現場全体を浸食しはじめていた。エレベーターの上昇などなかったかのように朝礼をはじめるようになった監督の姿もまた、その空気を煽《あお》った。


幽霊の目撃談も続いていた。

あいかわらず俺は信じていなかった。でも、ゴミ捨て場全体に漂う空気は感じとるようになっていた。点々と電球がつるされているから、完全な暗闇というわけではないけれど、どことなく薄暗い。でもそういう物理的な明暗ではなく、現場の中で地下のゴミ捨て場だけが妙に暗いのだ。

歩くたびに、心が重たくなっていくような。

暗い、としか言い表せない独特な感覚。

いやだった。新人の仕事とはいえ、毎回、その場所を往復するのが。それでも、たいていはよその新人たちと出入りが一緒になる。すれちがう瞬間、会釈する程度でも、自分以外の誰かがいるというのはそれだけで心強かった。

だけど、その日はいなかったのだ。俺以外には、誰も。

その日に限って作業がいつもより多く、ゴミの量も増えていたから、落とさないように慎重に台車を押す俺の歩みはゆっくりになっていた。

妙に、背中が気になった。

そわそわと、何かにくすぐられるような気配と、小さな耳鳴りがしていた。疲れているんだな、と思おうとした。子どもの頃から俺はよく金縛りにあう。身体《からだ》があまりに疲弊して動かせないのに、脳が冴えていると金縛りになりやすいらしいとは聞くけれど、そうなる寸前、俺はいつも必ず背筋に違和感を覚える。それと同じだった。

振り向いてはいけない、と。

思いながらも俺は耐え切れずに何度か後方を見た。

何もない。誰もいない。あたりまえだと安堵《あんど》して、それでもまた耐え切れなくなってうしろを見る。それをくりかえしながら前に進んだ。ゴミ捨て場にたどりつくまでの道が異様に長く感じられて、じれったさにイライラした。やがて、何度目かにふりかえったそのとき。

柱の向こうに、動く影が見えた。

白い服。そして、長い黒髪。

同時に、かすかに聞こえる、カラカラカラという車輪がまわるような音。

――あいつだ。

みんなが言っていたのはあれなのだと、瞬時に悟った。叫びだしたいのをこらえながら、俺は台車を押した。本当は全部放り投げて逃げだしたかったけど、幽霊と同じくらい、親方に怒られることが怖かったから懸命に前に進んだ。

ようやくたどりついて台車を空にした俺は、ほとんど走りだしそうな勢いで来た道を引きかえした。通路には柱がたくさん立っていて、できるだけ通り抜ける場所を行きと変えて、あの白い服の女に遭遇するのを避けようとした。

でも、無駄だった。

あいつは、気づけばそこにいた。

「どこの業者さんですか？」

もしかしたら、と望みをかけてわざと大きく叫ぶ声は裏がえっていた。返事はない。それでも俺は「今日も疲れましたよね！」とか「そっちももう終わりですか？」などと大声を出し続けた。存在を無視するよりも、ひとりで黙り続けていることのほうが怖くて、耐えられなかった。

急げ。急げ。急げ！

足がもつれそうになりながら、必死に台車を押した。

振りかえるたびに、黒い影が――白い服なのにおかしいけれど、その存在はやっぱり黒く見えたのだ。ゴミ捨て場全体の空気と同じように――その女が、一定の距離を保った場所にいる。どんなに急いでも、振りきれない。

やはり間違いなく後をついてきているのだと。

それに気づいてぞっとした。

もしあれに追いつかれたら、俺はどうなってしまうのか。

やがて、前方に鉄の扉が見えた。扉を開ければ地上へと続く階段がある。かけのぼれば仲間がいる。あと少しだ。あと少し。あと少し――。

カラカラカラカラ……。

あの音が、さっきまでより大きくあたりに響いた。

言いようのないいやな気持ちを押し殺して振りかえると、女は俺との距離を縮めて、すぐそばにいた。

女の動きは俺と違ってとてもゆっくりで、ふわりと漂うようなのに。どれだけ急いでも、間隔がどんどん狭まっていく。

カラカラカラ……カラカラカラカラカラ……。

音はほとんど俺の背中に迫っていた。そこまで近づいてようやくわかった。女が手にしているのは、点滴のスタンドだ。病人なのか？　でもこのあたりに病院があったなんて話は聞かない。聞いていたのは、移築された神社の話だ。

いや、でも、これほど広大な土地に以前何が建っていたかなんて誰にも把握できやしないのだと、先輩はそうも言っていた。空襲で、震災で、あたりは焼け落ちてすべての痕跡を消してしまった。東京はどこもかしこも掘れば骨の出る可能性がある土地ばかり。その上にいまを生きる人間たちは新たな建物をうちたてる。何も知らずに、あたりまえのような顔をして、自分たちの暮らしをただ豊かにするためだけに――。

はっ、と。

我にかえると俺は、いつのまにか鉄の扉に手をかけていた。

無我夢中で開けて、地上の光めがけて台車を抱えて駆け上がる。女がいまどこまで迫っているのか、どんな顔をしているのか、何も考えず、なりふりかまわず。

汗だくで息をきらしてやってきた俺を、先輩の職人たちがぽかんとした様子で見ていた。

「まだまだ鍛え方が足りんなあ」

何も知らず笑う彼らに、俺はふるえながら「いました！」と叫んだ。

「で、出たんです……ほんとです……俺、見ました。見ちゃいました」

「見たって、何を」

「幽霊！　女の！」

場がどっと沸いた。

嘘だと思われているようだった。

けれどその中にひとり、二人と、神妙な顔でうなずく人たちもいた。

「点滴、持ってたろ」

「持ってました」

「最初は遠いのに、いつのまにかふわーっと近づいてくるんだよな」

「そう！　そうです！」

「同じだ、俺が見たのと」

「俺も。まじ、こえぇよな、あれ」

翌日以降も、「見たんだって？」と休憩所で何度か声をかけられた。誰かと話すたび、俺は少しずつあのときの恐怖を身体から逃すことができるような気がした。ホラー映画を観たかのようなテンションで話すことで、体験の重みを薄めることができたのだ。そしてようやく理解した。

みんなも同じだったのだ。

噂が流れたのは、誰かを脅かすためでも、経験を誇示するためでもない。ただ、黙っていられなかった。言葉にすることで、たいしたことはなかったのだと思おうとしていたのだろう。

その後も、目撃談は消えなかった。追いつかれたという話を聞かなかったのは幸運だったのかもしれない。

工事は順調に進み、着工から三か月が経った頃、俺たちは予定どおり現場を撤収した。当然、仮設のエレベーターは撤去され、地下のゴミ捨て場も解体された。

完成披露は大々的に行われ、東京を代表するスポットの一つとして注目を集めたが、その直後、とある大きな事故が起きた。事故に対する安全管理の不備が指摘され、えらい誰かが謝罪しているのをニュースで見て、やっぱりな、と先輩が言った。

俺も同じ気持ちだった。

俺たちは知っている。

安全管理も、建物の設計にも、何一つ問題はない。

問題があるかどうかではないのだ。直接の因果はなくとも、ただ、起きる。たぶん、暗いとしか形容のできない何かに導かれて。

あの女が誰だったのか、なんの目的で現れていたのか、それは誰にもわからないままだ。もしかしたらいまも、地下のどこかで彷徨《さまよ》っているのかもしれないけれど、確かめるすべはどこにもない。

その場所に活気が溢《あふ》れ、多くの観光客が訪れるようになってからも、俺はプライベートで訪ねようとは思わない。


あれから一度だけ、あの現場の近くに仕事で呼ばれたことがある。

あの現場沿いの坂の途中にあるトイレを指して先輩が、使わないほうがいいぞと言った。理由も聞かずに俺は了承した。遠くのトイレを使うことになって、昼休みが短くなったとしても、絶対にそのトイレには近寄らなかった。

清潔で、きれいで、設備も整っている。

おかしなところは、何もない。
だけど、暗い。言いようがなく。
そんな場所が、確かに存在するのだということを、俺はよく知っている。

おきつねさん

山本《やまもと》 彰《あきら》さん（仮名・フリーランス親方業）

「アヤがついた」と自分たちの間ではよく表現する。

釘《くぎ》で指を刺したとか、足元の異物に気づかず転んだとか、些細《ささい》な不注意で怪我《けが》をしたとか……それが何人か、何回か、重なったとき。

「この現場、アヤついてんなあ」と漏らすことがしばしばある。

それは「気を引き締めていけよ」という隠語のようなもので、そういう現場ではたいてい、何かが起きる。だから、「アヤがついている」と互いに口にすることで、不穏な空気を洗い流そうとするのだ。みんな、危ないとよく知っているから。

俺たちのように、人の想いが強く宿ったものを解体しなくてはならない仕事は、ときどき意図せず、よくないものに触れてしまう。

十五歳のとき、俺は百年続く老舗《しにせ》の工場の解体工事会社に入った。年長者ばかりが集まっているせいか、社員はみんな信心深かった。

たとえば井戸を壊すときには必ずお祓いをして、米と酒と塩を盛る。当時の俺は、「無駄だろ」とどこかで軽んじていた。

確かに井戸の存在感は大きく、有名なホラー映画のように底から何かが這《は》いだしてきそうな気配が漂っていて、壊すのを躊躇《ためら》う気持ちを抱くのはわかる。だけどあれは映画だ。フィクションだ。現実にはありえない。世の中で起きるたいていのことは、俺たちが知らないだけで、なんらかの理屈で解明できる。

そんなふうに思っていたから、現場で仏壇と位牌《いはい》を見つけたときも気にしなかった。置きっぱなしにしているということは、いらないってことだ。そもそも持ち主がぞんざいに扱っているのだから、俺たちが責められるいわれはないだろう。

びびって遠巻きにしているじいさんたちにも、はっきりそう言った。怖がるだけ無駄だよ、意味ないよ、と。

――でも正直に言えば、ちょっとは、怖かったのだ。

井戸と同じで、仏壇もそこにあるだけで異様な存在感を放つ。でも、気圧されている自分を認めたくなかった。だから、背徳感の反動もあって、俺はいつもよりふざけて思い切り仏壇を打ち壊した。

大きなスズメバチに二か所も刺されたのは、その五分後だ。

「だから言ったろう」

近くにいたじいさんのひとりに呆《あき》れられた。

「調子に乗るからバチがあたったんだ」

あんたたちが手を付けないから代わりにやってやったんだ、バチなんてあるはずがない、とふてくされた。しかし、どこからともなく現れたスズメバチが、タイミングよく俺だけ狙って刺しにくるのはできすぎているような気がして、気味の悪さも感じていた。

そういうことが、何度かあった。

みんなが丁重に扱おうとするものをふざけて壊した直後に、決まって痛みをともなう何かが起きる。そのときはちょっとした怪我で済んでいたけれど、もしも大事故になっていたら……。その想像には、さすがに寒気がした。

別に、迷信に従うわけじゃない。現場でふざけるのは危ないに決まっているし、俺よりずっと経験値の高いじいさんたちの言うことは聞いておくのが得策だろう。ただそれだけのことだ。そう言い聞かせているうちに、いつのまにか俺もじいさんたちと同じように、神妙な気持ちで仕事に向きあうようになっていた。


入社して三年ほど経った日のことだ。

現場は古くから続く革のなめし工場で、事業縮小のため半分切り崩して解体することになったのだ。敷地は全体で三百坪くらいだったと思う。工場の隣には大きな倉庫があり、その間に小さな祠《ほこら》とお稲荷さんが祀《まつ》られていた。

「工場にお稲荷さんって珍しいですね」

俺が言うと、親方は困ったように腕を組んだ。

「商売繁盛と安全祈願のために建てられたものなんだと。まあ、移動させなきゃどうしようもないし、そうしてくれって言われてるんだが」

「何か問題でも？」

「こういうのは難しいんだよ。お前は若いからわからないかもしれないけど」

ほかのベテランの職人たちも「お稲荷さんを動かすのはなぁ」「よくないことが

起きるんじゃないか」などと口々に言いあい、不安の表情を浮かべていた。

確かに、お稲荷さんの影響力は、井戸や仏壇どころじゃなさそうだ。

誰が移築の役目を負うのかとハラハラしていたが、慎重を期して経験豊富な熟年の職人たちに振られることになったらしく、俺はほっとしていた。これで、何があっても俺には関係ない、と。

でも——。


お稲荷さんが無事に移築された後、Oさんを現場に連れてきたのは親方だった。

もともと耳がよく聞こえないらしく、歳のせいもあって、十年前に引退したというベテランの職人だった。

今回の仕事をきっかけに現場に復帰する予定なのだという。

「ブランクはあるけど、腕は保証するから。今回は基本的には、Oさんの仕切りに任せたい」

なんでいまさらとも思ったけれど、親方がそこまで言うなら異論があろうはずもない。耳のせいでコミュニケーションに手間はかかるけれど、下っ端の俺にも優しく、作業の細かいところも指導してくれて、Oさんはすぐに現場になじんだ。

親方が言うだけあって、信頼できる腕の持ち主だ。誰もがそう認めはじめ、トラブルを起こすこともなく作業は進行していた。

ところが。

バァン！　と、何かが倒れる音と爆発するような引火音が、重なって響き渡った。

振り向くと、工場の片隅で燃え盛る炎を前に、Oさんがぼんやりと立ち尽くしているのが目に入った。

「何してんすか！」

Oさんの手にはガスバーナーが握られていた。

血の気が引いた。

火が燃えていた一角には、革を加工するためのシンナーが置かれたままになっていて、危険だから絶対に近くで火を使ってはいけないと監督から言い含められていたのだ。ベテランのOさんがそれをわかっていないはずがないのに。

「馬鹿野郎！　何してんだ！」

誰かがOさんの腕を引っ張り、外に連れだした。何人かが消火器を抱えて鎮火作業にあたっているうちに、消防車のサイレンの音が聞こえてきた。

それでもOさんは、虚《うつ》ろな表情でただ立ち尽くすだけだった。

消防車が十数台も来る騒ぎとなり、親方は依頼元の建設会社にひどく責められたらしい。技術を売る、信用の商売だ。百年続く老舗だからって大目に見てもらえるわけじゃない。むしろ、経験にあぐらをかいていたら、すぐに仕事を失ってしまう厳しい世界なのだ。

「Oさん、なんであんなことしたの」

親方は、苛立《いらだ》ちを堪《こら》えながら問いただした。

「あんなところで火を使うなんて……新人でもしないミスを」

「わからないんです」

Oさんは、申し訳なさそうに首を横に振った。

「なんでバーナーを持っていたのか、火をつけたのか。そんなこと、するつもりじゃなかったのに」

「そんな子どもみたいな言い訳……」

親方は呆れていたけれど、俺はその姿に、背筋がひやりとするのを感じていた。

Oさんは本当のことを言っている。なぜだか、確信を持ってそう感じられたのだ。

年甲斐《としがい》もなく泣きだしそうな表情で平謝りするOさんに、親方は「もう二度とするなよ」としか言えずにいた。

Oさんは何度も頭を下げていたけれど、その瞳の奥には、とらえどころのない虚ろな何かが潜んでいるような気がして、俺は薄気味悪さをぬぐいきれなかった。

一部始終を見ていたという人によると、あのときのOさんは持ち場を離れて、ふらふらっと片隅に向かうと、おもむろにバーナーを取りだし、着火したらしい。止める暇もなかったという。

なぜならその瞬間、誰も触れていないはずの気体燃料が入った瓶が盛大に倒れ、中身が漏れだしてしまったからだ。その気体に触れて、バーナーの小さな火は炎に変わった。

あまりの予想を超えた事態に、轟音《ごうおん》をたてて燃え盛る様子を、その人もOさんのように呆然《ぼうぜん》と眺めるしかなかった。

「あんなの、ミスとは言えねえよ」

その場にいた別の誰かが言った。

「ミスっていうのは、間違えるってことだろ。でもOさんは、普通だったらやるはずのないことをした」

「アヤがついたな」

さらに別の誰かが言った。

「取り憑かれてるんじゃねえの、この現場」

冗談っぽく言っていたけれど、おそらく、半分は本気だったはずだ。

とっさに脳裏によぎったのは、すでに移築されたおきつねさんの姿だ。ここではないどこかにいるのに、石像の目が鋭く俺たちを見張っているような気がしてならなかった。

Oさんは移築を手伝ったわけじゃない。それなのに、おきつねさんが無関係だとはどうしても思えなかった。

現場にいたみんなが、同じ気持ちだったんじゃないだろうか。


しばらくして、Oさんは亡くなった。作業中の重機に轢《ひ》かれて。

そのときもやっぱり、いるはずのない場所にOさんがいたのだと、誰かが言っていた。

ミスじゃない。間違えたんじゃない。

なぜか、導かれるように、Oさんは死の淵《ふち》に立たされた。

考えてみれば、Oさんが十年ぶりにこの現場で仕事を再開しようとしたときから、すべてははじまっていたのかもしれない。

だけど、なんでOさんだったんだろう。

くりかえしになるが、彼は何もしていないのだ。おきつねさんと直接関わっていない。俺が無事で、彼がそうではなかったことに、はたして理由はあるのだろうか。

その答えは、きっと「ない」だ。明確に説明はできないが、そうとしか言えない。

だから俺はOさんのことを思い出すたび、いまでも心臓を握りつぶされるような心地がする。


俺たちの仕事は消しゴムに似ている。

存在している文字を消し、新たに書き換えて修正していく。そのくりかえしは、建築のスクラップ&ビルトにそっくりだ。

壊して、更地にしたところで、何もなかったことにはならない。

消しゴムで文字を消しても、かすかにその痕跡が見えるように。完全な真っ白に戻せたかのように見えても、消しゴムの滓《かす》がどうしても残ってしまうように。

建物も、壊したら瓦礫《がれき》の山ができる。

同じように、その地に積みあげられた人の想いも、見えないだけで確かに残っているのだろう。

そのことを俺たちは決して忘れてはいけない。この手で壊し、その存在にわずかでも触れたからには。そこに在ったということを覚え続けていることが、最後の瞬間に立ちあった俺たちに課せられた役目なのだ。

だけど――。

どんなに誠意を尽くしても、敬虔な気持ちで土地に向きあったとしても、避けられないものがある。

Oさんは、それを一身に受けてしまったんじゃないだろうか。


あのおきつねさんが、いつ誰の手によってそこに建てられたのかは誰も知らない。

てっきり工場が管理しているものだと思っていたが、

「工場ができるよりずっと前から、そこにあるもんだって聞いてるよ」

と、火事の様子を見に来た近所の老夫婦が教えてくれた。

何十年、何百年も昔から人々の願いを聞いて、守り続けてきた土地の神様。

どんなに敬虔な気持ちで、信仰心をもって挑もうが、きっと彼らには関係ない。

人間の都合で、欲望のままに土地を荒らして、あるべきものを勝手に別の場所へと移送する。それ自体がやってはならないことだったのだということも、いまならわかる。

あの現場が終わった後、お稲荷さんの移築に関わった職人のひとりは、盗難車に轢き逃げされた。もうひとりは消息不明だと聞いている。


車で首都高を走っていると、ビルの屋上にお稲荷さんが祀られているのをときどき見かける。動かさなかったのか、動かせなかったのか俺にはわからないけれど、見るたびにほっとするような、ぞっとするような、不思議な気持ちになる。

最近、海外の開発会社や建設関係者が日本の土地を買い、再開発する案件が増えてきた。彼らの多くは、おきつねさんへの敬意も歴史も踏まえることはない。

そんな話を聞くたび俺は、ビルの屋上にたたずむお稲荷さんを思い出す。

この世には、道理を超えて触れてはならないものがあるのだと、胸に刻み込むように。

集まったのは建設業界のプロフェッショナルたち。リフォーム会社の三代目親方の村田智さん。さまざまな建物の解体専門会社を営んでいる綿貫伸夫《わたぬきのぶお》さん（仮名）。十五歳から解体現場で下積みをし、いまはひとり親方として独立している山本彰さん。

村田　「地下からの声」の体験では、実際、地下に入って歩いていると、なんていうかゾワゾワした感覚みたいなものがありました。その地下に限らず、そういう所へ行くと背中をくすぐられるような感覚になることがあるんです。だからその場所へゴミ捨てに行っていたときは、うしろが気になって、歩いている間に背中がくすぐったくなるような感覚が何度もありました。

山本　お祓いとかってしなかったんですか？

村田　再開発自体が大規模だったので、きっと手厚くはやっていたと思うんですね。でも僕らがお祓いの現場に立ち会ってるかっていえば、立ち会えるような身分ではなかったので、実際のところはどうなのかわからないですね。

山本　怖いけど、我慢して仕事する。

村田　そうですね。「こういう現場に当たっちゃったよ」っていうような感覚でみんなやっていましたよ。

山本　確か当時見習いだったんでしたよね？

村田　そうですね、いちばん下っ端でした。

山本　「お前が地下に行ってこいよ」とかなかったんですか？

村田　それはありましたよ。ゴミ捨てがあると、やっぱりその役割は先輩たちも嫌なので、どうしても私が何回もゴミ捨てには行かされました。

――なぜ再開発現場に「幽霊」が出たのでしょうか？

村田　なんででしょう。大規模な再開発というと、どうしてもある種の私利私欲のようなものが地上に建ってしまうわけですね。一方で、そこはもともとが神聖な場所だったので、私利私欲がやってくるっていうことに対してちょっと反対したのか。そんな憶測はあります。

——人骨が見つかる現場などもあるのでしょうか?

綿貫　下町は多いですね。地面の中でもいろいろな層があって、レンガが出てくるところも決まっていて、地面から五十センチから一メートルぐらい。大体レンガが出てくるのは空襲や関東大震災などがひどかった場所かな。よっぽどすごかったんだろうと思います。レンガも粉々なんですよね。掘るともう真っ赤になっていて。それが血に見えたっていうのが、すごく驚きがあって。経験してないですけど、そこで大変なことが実際に起きていたんだなっていう、そういう怖さがありましたね。

——お稲荷さんが現場にあることもしばしばとか。

山本　個人的にはお稲荷さんっていうのは、その場所だからこそ意味があるというか。動かしちゃダメな感じがしますね。以前、お稲荷さんの工事に携わったメンバーが四人いて、そのうち急死した人と、すぐその後に別の現場で不審車両に轢き逃げにあった人がいたらしいんですよ。少なくとも自分の知っている範囲で、お稲荷さんの工事に携わってる人にいいことはないですね。「なんでそんなことが起きるのかな」「なんでその人なんだろうな」とはどうしても

考えてしまいます。

――お稲荷さん以外に恐ろしいものはありますか？

綿貫　井戸ですね。いま井戸を埋める方がけっこう多いんです。必要ないって言って。でもその仕事を嫌がる職人はいますね。

――なんで嫌がるんですか？

綿貫　いやぁ、やっぱり祟《たた》り的なものじゃないですかね。井戸を埋めて次の日に交通事故に遭ったとか、病気になったとかっていう話は聞いたことがあります。井戸の神様、水の神様が宿っているんだと思いますね。

――再開発の現場にいて感じることは何かありますか？

村田　土地っていうものには限りがありますから、再開発自体はしょうがないと思うんですね。築三百年、築四百年のお家《うち》を日本全国に残しておきましょうっていうのは、不可能だと思いますから。人口も増えますし、生活様式も変わっていくので。ですので、新しいものを建てることが全部悪いとは僕は思わないです。ただそこに至る前の工程として、お祓いをしっかりするなどの配慮をしたうえで、新しいものを建てるっていうのであれば、やはりスクラップ＆ビルドは必要だと思います。そういった配慮をして礼を尽くすことで、今後よくない現象を起こさないようにするっていうのは、やはり必要じゃないかなと思います。

山本　自分は解体業なので、建物を「なくす」ほうなんですよね。物をなくす依頼を受けているんです。俺らは〝消しゴム〟なんですよ。自分らで擦《こす》って、身を削って消すんですよね。でも消しゴムで消したあとって、少し残ってるじゃないですか。そこに何かがあるんですよね、説明しきれないですけど。でも俺は知ってるから、自分が消してきた建物などを全部知ってるから。忘れないでやるっていうことが一つの供養だと思うんです。何かがあったところって忘れないんですよね。だからこそ、こうやって話しているわけで。なので、忘れちゃいけない、忘れないことに意味があるんだと思います。

清掃業界

「家」は完全な密室だ。そこで何が起きていたのか、本当のところを当事者以外が知ることはない。清掃業の仕事は、彼らのすべての痕跡を消し、まっさらな状態に戻すことでもある。そこで異変が起きるのは、もしかすると、どんなにきれいにしたつもりでも、家に対する〝執着〟がそこかしこに沁《し》みついているからなのかもしれない。

終わらなかったワックスがけ

鳩村憲明《はとむらのりあき》さん（仮名・ハウスクリーニング会社経営）

「よくある現場だと思っていた」と彼は言った。

自分とは別のハウスクリーニング会社に勤めている知人から聞いた話だ。

彼は、新人というには経験を積んでいるが、ベテランというにはまだ若い。だから、なんの疑問も抱かなかったのだろう。

――悪いけど、いまから清掃行ってくれないか。

彼が上司にそう頼まれたのは、日が暮れかけた頃。急に電話がかかってきたのだという。とあるアパートの一室を、翌日までにきれいにしてほしいと。

「ほら、当日急に新規の仕事を頼まれることって、あるじゃないですか」

たしかに、それはないとも言えない。ただ、現場に行くはずだったスタッフに不都合が生じたとか、やり残した掃除を一部請け負ってほしいとか、そういうたぐいのことが大半だ。それだって数年に一度のことで、たいていは前日までに連絡がくる。まるまる一室、しかも翌日までにどうにかしてほしいという当日の依頼はなかなかない。担当者が依頼を忘れていた、なんてミスをしない限り。

でもその現場は、そういう感じではなかったという。

「突然住人が出て行くことが決まって、急にどうにかしなくちゃいけなくなった、みたいな」

その時点で、だいぶ〝ワケアリ〟だ。しかもそんな時間に派遣されれば、作業は深夜までかかる。僕だったら引き受けない。

そう思ったのが表情に出たのか、彼はバツが悪そうに口をすぼめる。

「鳩村さんはいいですよ、社長だもん。でも、一介の社員の俺は、命じられたら行くだけっす」

それは確かにそうかもしれない。僕も雇われていた時代は、選択権など与えられていなかった。そのせいで――不気味な思いもした。だからいまは受けない。これはよくなさそうだと、勘が働いたときは。

「一応、聞いたんです。上司には。誰か死んじゃったんすかね、って。でも、事故物件ってわけじゃなさそうだからって。あれは嘘ついている顔じゃなかったです」

部屋はきれいだった、と彼は言う。だから、扉を開けた瞬間はほっとしたのだと。気持ちはわかる。よくない家は、だいたい汚れ方からして普通ではない。なぜそんなところが、どうしたらこんなことに、と叫びたくなるような状態になっている。おかしな傷も多い。僕が以前、家賃を滞納して裁判沙汰になったらしい人の家を掃除したときは、金属製のドアがおかしな形にひしゃげていた。聞けば、籠城するその人を引っ張りだすために、バールでこじあけたらしい。

部屋の中は、どこもかしこも真っ黒だった。埃《ほこり》や煤《すす》がたまり、水回りを中心に黴《かび》がはえているのはもちろんのこと、そこらじゅうに煙草の灰が落ち、壁の色はくすんでいた。風呂場もひどいものだった。洗面台を灰皿にしていたようで、排水管が詰まるほどの吸いカスがにおいを放ち、息を吸えないほど空気が淀《よど》んでいた。

「そういえば、ドアを開けたら包丁が飛んできた、なんて話も聞きましたよね」

思い出したように、彼が言う。

「ああ、あったな」

それは、僕たちが経験したことではなく、何年か前に僕の会社に来た新入りが話していたことだ。

金銭トラブルか何かで子どもと揉《も》めていた父親が死に、後日、部屋の清掃をすることになったときのこと。大家と一緒に玄関のカギを開けてドアを引いたら、天井から吊り下げられた包丁の切っ先が勢いよく頬の真横をかすめたという。

トラップですよ、とその新入りは言っていた。

財産を奪われないよう、父親が家じゅうにトラップを仕掛けていたのだと。

どこに何が仕掛けられているかわからないから、引き出しもうかうか開けられなかったという。しかも部屋中にお札がびっしり貼られていて、尋常な精神状態ではなさそうだった、と。

部屋の状態は、住む人の心の状態に比例する。

人が追い詰められたとき、真っ先に放棄するのは掃除だからだ。

仕事が忙しいから。子育てに追われているから。なんだか動く気がしないから。そんな理由で人は、少しずつ片づけることをやめていく。雑然とした状態があたりまえになると、そこに埃が舞おうが、小さな虫が出ようが、あまり気にならなくなっていく。そうして、手のほどこしようのないところまでたどりついてしまった部屋を、この業界で働く人間なら少なからず見たことがあるはずだ。

それに比べたら、普通にきれいな部屋を深夜に作業するくらいなんてことない。

そう思った彼の気持ちもよくわかる。

――ところが、だ。

異変は、夜が更けて路上から人の声が消えた頃に起きたらしい。

「台所の電気がちかちか点滅しはじめたんです」

電球が切れかけているんだろう、そう思うのが普通だ。なにがしかの不穏さを感じるのはきっと夜の暗さと静けさのせいで、何もおかしなことじゃない。でも。

何かが変だ。

そう思わずにいられなかったのは、あまりに静かすぎたからだ。隣室にも住人はいるはずなのに、出入りする音はもちろん、人の声一つ漏れ聞こえてこない。窓を閉め切っていたって、完全な無音ということはありえない。

そういえば夕方には聞こえていた上階からの足音もない。そう思って時計を見ると、まだ近所中が眠りにつくには早い時間だった。

「まるでその部屋だけ、どこかへ切り離されてしまったみたいで……」

彼は言いようのない寒気を感じ、ぶるりと震えたそうだ。はやく作業を済ませて帰ろう。幸い、残すは床にワックスをかけるだけだ。そう思って、モップをにぎる手に力をこめたその瞬間——。

背後に、何かが通るような気配を感じた。

「風じゃ、ありませんでした」

清掃中、窓は閉めきられている。汚れが入り込まないように、音が漏れださないようにするために。それなのに。

いる。何かが。

そう確信したのと、唐突に音が鳴り響いたのと、どちらが先だったのか。

台所のシンクに勢いよく水が打ち付けられた。激しく飛沫《しぶき》を上げる水の音に慌てて立ち上がり、すぐさま蛇口を締めた。さっき掃除をしたとき、きつく締めたはずなのに。

頭の中にいくつもの「なぜ」を浮かべていたら、

ジャアアアアアアア

今度は浴室から水の音が聞こえてきた。聞きなれたシャワーの音なのに、怖気《おぞけ》が走り、足がすくんだ。自分の呼吸が浅くなっているのを感じながら、床を打ち続ける水を止めた。ただの水なのに、顔にかかる飛沫《しぶき》が、やけに気味悪く感じられた。

あと少しだ。ワックスがけさえ終えれば、明日はもう来なくてもいい。あと少し。あと少し。あと少し――

何かが小さく床を叩くような音がして、彼は悲鳴をあげた。

……ぺちゃ……ぺちゃ……ぺちゃ。

もうそれ以上は耐えきれなかった。

「道具も全部その場に置いて、逃げだしたんです」

仕事を放棄した彼を、プロ失格だと責めるのは簡単だ。けれど僕は、うなずくしかできなかった。僕でも逃げだす。この世には、いてはいけない場所というものがある。

その晩は、ほとんど眠れなかったという。

寝不足のまま、翌朝、彼は空気の澄みきった時間に再び部屋を訪れた。登校する子どもたち、出社するスーツ姿の人々、ゴミ出しをする主婦たちの姿に心がゆるんだ。これだけ人通りがあれば大丈夫だろうと、玄関のドアに手をかけた。

「新しく越してきた方?」

不意に、隣の住人らしき女性に声をかけられた。

「いえ、ハウスクリーニングの者です」

答えると、女性は意味ありげにうなずいた。

「ついこの前まで若いご夫婦が住んでいたんですよ。引っ越す前、毎晩、赤ちゃんのひどく泣く声が聞こえてきて……あの赤ちゃん、どこ行っちゃったんだろう」

そのとき、彼の耳元でよみがえったのは、昨晩の音だった。

……ぺちゃ……ぺちゃ……ぺちゃ。

ゆっくり、小さく、床を叩くような。もしかしてあれは――赤ん坊が這うときの音ではなかったか。

まさか、そんな。

彼は自嘲気味に笑い、玄関のドアを開けた。昨夜はきっと、自分がどうかしていたんだ。蛇口は古くなってゆるみやすくなっていたに違いない。あまりに静かで、あまりに暗くて、しかもひとりきりだったものだから、ちょっとしたことを大袈裟《おおげさ》にとらえすぎてしまったのだろう。

そんなふうに自分に言い聞かせて部屋に入り、リビングに足を踏み入れた彼は、息を呑《の》んだ。

昨夜、きれいに磨いたはずの床。すべてではないものの、汚れ一つ残さないようワックスでぴかぴかにしたはずの床に、無数の小さな手の跡がひろがっていた。まるで縦横無尽に、赤ん坊が這いずり回ったかのように。

彼の話を聞いた僕は、思い出していた。

いつだったか、清掃中に家具の隙間から、子どもが書いたであろう手紙を見つけたことがある。「おかあさんへ」とバランスの整わない字で綴《つづ》られた手紙。その家は一戸建てで、競売にかけられた物件だった。望まず、出て行かざるを得なくなった人たちの家だった。

そういえば、そのときも事情を教えてくれたのは近隣の住人だった。

当事者がそこにいるうちは、表立って語ることのできないいじれったさを、作業が終わればすぐに立ち去る清掃業者にはぶつけやすいのだろう。

「ひどい夫婦喧嘩《げんか》をしていてねえ。いつも子どもがさみしそうにしていて。家にこもりがちになっていって」

そんなゴシップを聞かされた家は、たいていひどく汚れているか、スタッフの誰かが何かを見る。

――押し入れにおばあさんが座っています。

――身長百八十センチもありそうな背広姿の男性が、じっとこちらを見ています。

——すみません、無理です。僕、この部屋は入れません。どうしても……。

——音がするんです、誰もいないはずのロフトから、誰かが歩くような音が。

全部、これまでの現場で、スタッフたちから言われたことだ。中には、突然気を失い、倒れてしまったスタッフもいた。


幸いにして僕は、そうしたものを見たことはない。ただ——見られていると、気配を背中に感じることは、ときどきある。

そういう家のまわりでは、決まって誰かに声をかけられる。噂話を口にしたくて、うずうずしている住人たちに。でも、僕に言わせれば、その多くが、同じ穴の狢《むじな》だ。

地域のゴミ捨て場は乱雑に荒れていて、街全体が湿気《しけ》てどんよりと重い空気が漂っている。それに、窓の外からだってわかってしまうのだ。その家が汚れているかどうかは。

サッシの汚れかたや、ベランダや玄関周辺に置かれたもの。なんとはなしに、漂う気配。どんなにかぐわしい香りを漂わせたところで消えない、家の奥にひっそり秘められた居心地の悪い感じのする何かの気配。

もちろん、すべての家がそうというわけじゃない。同じ地域にだって、透きとおった空気をまとう家はある。でも、それでも。

何かある、と感じられる家は、そのまわりにも何かがあるのだ。

しかたない。家というのはそういうものだ。内側からも外側からも、人の感情を集めてため込んでしまう。よいものも悪いものも全部、その家に住む人たちに関わるものが蓄積されていく。

だから――。

それを一掃しようとする僕たちは、巻き込まれてしまいやすいのかもしれない。

その場に残された想いをなかったことにしようとする僕たちを、彼らは邪魔しようとするのかもしれない。

赤ちゃんは、どこへ行ってしまったのだろう。もしくは、あの手紙を書いた子どもは。

わからない。僕たちには、何も。

いなくなってしまった人たちには、決して手は届かない。

わからないまま僕たちは、何事もなかったかのようにきれいに、整える。

忘れもの

小島敦《こじまあつし》さん（仮名・便利屋業勤務）

地元では有名な幽霊屋敷だった。

先に父親が病気か何かで亡くなったと聞いていた。それからあまり月日が経たないうちに、今度はその娘が交通事故で。誰もいなくなった一軒家は、四、五年ほどそのまま放置されていた。

父親と娘の二人だけで暮らしていたのは、俺も知っていた。母親は早くに亡くなったのか、出て行ってしまったのか、それはわからない。二人が特別不幸そうだったとか、悲愴《ひそう》な雰囲気を漂わせていたといったことはなく、ただ、仲良く暮らしていたというのが、生前を知っている人の談だ。

それなのに出る、という。

誰もいないはずなのに足音がした、家の中に人影を見た。そんな噂を言いだす人が後を絶たない。

もっと二人で暮らしていたかった。あの穏やかな日々に戻りたい。そんな、他愛ない願いも未練になって、この世に残るのだろうか。あるいは、あまりに突然のことで、自分がもうこの世の存在ではないことに気づいていないのだろうか。

死んだことのない自分にはわからない。自分が死んだ後、どんな気持ちになるのかも、いまはまだ想像がつかない。

そんなことを友達に話したら、不思議がられたことがある。

「常に死の気配を感じそうな、遺品整理の仕事をしてるのにね。それとも、いちいち落ち込んだり同情したりしてたら続けられないから、あえて考えないようにしてるの?」

ちょっと違う、と俺は思う。

確かに、人が死ぬのは悲しい。悼むべきことだと思う。

だけどお客さんにとって、俺はあくまで業者だ。故人のことを何も知らない、赤の他人なのだ。そんな俺がうわっつらで同情したり、悲しみに引っ張られておいおい泣いたりしたら、向こうだって困るんじゃないだろうか。

悲しくて、死んだ身内の遺したすべてが大切で、よりわけることなどできないから、俺たちになんとかしてほしいと頼むわけで。その気持ちを尊重したうえで、手元に置いておくべきものとそうでないものを取捨選択していくのが、俺のなすべき仕事なのだ。

もちろん、ときには特殊清掃の仕事をすることもあるから、たとえば自死してしまった人の家に入ったときは、気分が沈み込むこともある。

亡くなったときの痕跡が残された場所で、口笛を吹きながら作業ができるほど、俺も達観していない。むしろ、「なんで死んじゃったのかなあ」「つらかったよなあ」「せめてここから先は安らかに眠ってくれるといいな」なんてことを祈りながら、粛々と作業を進めている。

そういう現場で感じるのは、恐怖とはまた違う。

どんよりとした重たい空気に体力が奪われ、ぐったりしてしまい、形容しがたいいやな気分にとらわれる。それから何日かは何をしても疲れる。そんな状態が続いてしまう。

あの幽霊屋敷に足を踏み入れたときに感じた重さは、そういうものともちょっと違っていた。たとえるならば、雨が降りそうな曇りの日に、電気のついていない部屋に入ったときの、薄暗い感じ。湿気た空気が肌にまとわりつくような感覚。

雨が降る気配なんてまるでなかったはずなのに、やけにじめじめとしたものがあたり一面に漂っているような気がしたのだ。

日当たりがあまりよくないのだろうか。窓から日光が差し込んでいるはずなのに、明るくはない。そういう、奇妙な感じ。

見られている、とも思った。

俺は二階で作業していて、ひとりきりだった。それなのに、背中から、頭上から、常に誰かから視線を向けられているような気がしていた。その居心地の悪さで判断をあやまらないよう、俺は自分に、「しっかりしろよ。ちゃんとやれよ」と言い聞かせながら荷物を仕分けしていた。

整理を依頼してきたのは亡くなった父娘の親戚らしく、当日、立ち会う人間はひとりもいなかった。

「全部捨てちゃっていいから」

依頼主は未練もなさそうに言っていたという。

「残されても保管に困るし。適当にしちゃってくださいよ。あ、もちろん仏壇とか、供養したほうがいいものはそうしてほしいけど」

生前はとくに親しい間柄ではなかったのだろう。

だから、出てきたのかもしれない。

自分たちが大事にしていたものを、生きていた痕跡を、丁重に扱ってくれる相手なのかどうか、しっかり見張っておくために。

「作業としてやるなよ」というのは、会社に入ったばかりの頃、上司からもらった言葉だ。

若かった頃の俺は「しょせんモノじゃん」と思っていた。そりゃ、直筆の手紙だったり、プレゼントされたものだったり、とっておきたい気持ちはわからなくもない。でも、生きていたってなくしちゃうことはあるんだし、と。

大事なものは生きているときから大事だし、そうでもないものは死んだからといって価値があがったりはしない。そう思っていた。くりかえしになるが、若かったのだ。

遺品整理の現場には、ご遺族の方が立ち会うことも多々ある。作業している様子を見ながら、思い出話を語ってくれることも。

なるほど、記憶なのかと、俺はだんだん思うようになっていった。

たとえば欠けたマグカップには、なぜそうなったのかというエピソードがあり、それでも使い続けたという故人の思い入れがある。残された人にとって必要かといえば、おそらくいらないのだが、その欠けたところを見るたびに思い出される、その人の声や言葉、情景というものがある。

俺たちが処分するのは、そんな記憶の欠片《かけら》だ。

どうでもいいように見えるモノにも、どんな想いが詰まっているかわからない。だから、丁寧に取り扱うし、「お疲れさまでした、役目を終えましたね」と語りかけるように処分する。再利用できるものは専門の業者にまわす。どうしても想いが強そうなものはお焚《た》き上げをする。

選別自体は経験則で事務的にこなすこともあるけれど、どんな些細なものも亡くなったその人自身なのだという気持ちで現場に向かう。それが大事なのだということを、俺は時間をかけて学んでいった。

「こんにちは」と現場でおばあさんに挨拶された直後、そのおばあさんの遺影を仏壇で見つけた、という同僚の話を聞いたことがある。

見られている、と感じるならば、それはきっと、本当に見られているのだ。

とはいえ、それがどんな気分かと聞かれれば、やっぱりなんとも落ち着かない感じはするし、ぞわぞわしたものが身体の中を抜けていくのを感じることもあるのだけれど。


時間はかかったけれど、トラブルもなく作業は終わった。もうほとんど沈んだ夕日を見ながら、俺はお焚き上げするものたちを車に載せて、寺に向かうことにしたところが、車を走らせて、すぐのことだ。

「戻って」

女の人の声が聞こえた。

女の人とわかるくらいはっきりとした声だったのに、だけど、聞き間違いだと思おうとして、無視をした。

「戻って」

今度ははっきり、耳元で聞こえた。間違いなく、俺に言っている。ぶるっと震えがきた。次の瞬間、考えるより先に、ハンドルを切って来た道を引きかえしていた。

到着するやいなや、玄関のドアを開ける。

すると、小さな黒いかたまりが落ちているのが目に入った。

手帳だ。

スーツやジャケットの内ポケットに入りそうなサイズの小さなもので、ずいぶんと使い込んでいたのか、表紙の革はくたくたになっていた。黄色くくすんだページの端も、よれて折り曲がっている。

でも、雑に扱われていた感じはせず、亡くなったお父さんが肌身離さず持ち歩いていたのだろうと容易に想像できるものだった。だから、仏具や写真と一緒にお焚き上げしようと段ボールに詰めていたのだ。それをうっかり落としてしまったらしかった。

拾いあげて、念のため家の中を一周する。ほかに落とし物は何もなかった。車に戻り、今度こそ寺に向かった。女の人の声が聞こえてくることは、もうなかった。

交通事故で突然亡くなった娘さんに、当然、家を整理する時間なんてなかった。だから、俺たちがその家に足を踏み入れたとき、すべてが、彼女が生きていたときそのままに保存されていた。

荷物を仕分け、車に運び込むたび、彼女自身が解体され、今度こそ本当に死んでいくような心地がしたのを思い出す。

ああそうか、と俺は思い至った。

彼女は自分で自分の始末をつけるために、俺たちを見つめていたのかもしれない。

心残りをなくすために。お父さんと自分の思い出を、記憶の欠片を、この世ではないどこかへ一緒に連れていくために。


その後、家は取り壊されて、更地になって、幽霊屋敷の噂は自然となくなった。

だけど、「見えない」からといって、「ない」ことにはならない。

俺たちはいつだって、この世を去った人たちから見つめられている。

だから俺は、今日も遺品を整理しながら心の中で手をあわせ、頭を下げる。

「お疲れさまでした。誠心誠意、つとめさせていただきますね」

それが俺にできる、たった一つの供養なのだから。

集まったのは清掃業界のプロフェッショナルたち。ハウスクリーニング業にあたる鳩村憲明さん。空き家の整理や清掃、遺品整理の専門家・古澤直子《ふるさわなおこ》さん（仮名）。全国展開する便利屋として主に遺品整理を担当する小島敦さん。ゴミ屋敷をはじめ、数々の現場を手がけてきたベテランの木嶋正《きじまただし》さん（仮名）。

——現場で何か違和感を覚えることはあるのでしょうか？

鳩村　人の気配を感じることはありますよね、見えないけれど。

古澤　なんですかね、オバケ？でしょうか。

鳩村　それに近いものか何かが、通り過ぎたのか。

小島　よくありますね。

古澤　ありますね。

鳩村　とくにうしろですよね。

古澤・小島　うしろ。

小島　決して前ではないです。

——古澤さんには、忘れがたい恐怖体験があるそうですね。遺品整理の最後に、一体の人形の処分を頼まれたとか。

古澤　処分してほしいと言われたので、「わかりました」って受け取って、箱に入れてその人形を事務所に持ち帰ったんです。事務所の二階が母の家になっているのですが、とくに私は母に何も言わずに置いていったんです。そうしたら次の日の朝、母から「昨夜来た？」って聞かれて。不思議に思いながら私は行ってないことを告げると、「十時くらいに子どもが歩く音がして、ドアがスーっと開いたの。だから子どもか誰か来たのかなと思ったんだけど」って言われて。でも誰も行ってないんですよ。私、その人形が怖くなっちゃって。

——清掃作業をするとき、現場の情報はどこまで教えてもらえるのですか？

鳩村　大概はわかりませんね。当日行くまで訪問先がどういう人だったのか知りません。様子が怪しいので元請けの会社に聞いたら最初ははぐらかされたん

だけど、改めて聞くと「ちょっと実は……」みたいな。

木嶋　以前は依頼される方から教えていただいていたんですけどね。ここは死後三日ですねとか、二か月ですねとか。

——近隣の人たちから教えてもらうこともあるとか。

小島　喧嘩している声が聞こえるとか、けっこう聞くことがありますね。僕らのほうから身内の方にあまりプライベートなことをお聞きしないので。

古澤　近所の人がいちばん情報を知っていますよね。いつくらいとか、どのくらい経っているとか。

小島　身内が隠したい気持ちもわかります。

——木嶋さんにも、いわゆるゴミ屋敷の清掃で忘れられない体験があるそうですね。

木嶋　天井から三十センチくらいの間のスペースで住んでいる方は、何人もいますね。人間が住めるとは思えないようなところです。だから当然トイレも埋まってしまって用も足せないわけです。この間頼まれたのは、三回目の常連さんでした。

——常連さんっていうのもあるんですか？

木嶋　単にだらしないだけでは、あんなふうにはならないと思うんですけれども、やっぱり物に対する執着とか、物から発している霊のようなものがあるんじゃないかなって思うことは、まぁまぁありますよね。

――ところで、遺品整理の仕事はなぜいま急増しているのでしょうか？

古澤　依頼も多くなっていますし、「なんの仕事をしてるの」って聞かれたときに「遺品整理です」って答えると、「あー知ってる」って言われることが多くなりました。

小島　時間がないって方がいっぱいいるんですよね。遺族が自分たちでいまやる時間がない。

――処分を託された遺品はどうされるのですか？

小島　処分というよりは、リサイクルできるものや、リユースして使えるものなどは、また次の方にバトンパスじゃないですけれど、そうさせていただいています。たぶんほかの会社でも一緒だと思うんですけれども。

――いままでいちばん驚いたものは？

古澤　位牌ですね。

小島　どういう背景があるかわからないですけど、仏具一式いらないですっておっしゃる方もたまにいらっしゃいますね。

――処分の仕方は？

古澤　うちは廃棄処分しています。ご家族が廃棄にしてっておっしゃるのであれば、その通りにします。

――いまの仕事のやりがいとは何でしょうか？

古澤　私は、人のためになりたいのかもしれないですね。最初のお客さんが泣いて喜んでくれたんですよね。そのときに「なんだこの仕事は」と思って、そこからどハマりです。「早く現場に行きたい」とか思いますものね。

嶋村　お客さんの笑顔とか、喜んだ顔とかをね、すごく体感して得られるので、やってよかったなって思います。空き部屋の清掃をやっているときってお客さんも誰もいないですけど、次にそこに住むであろう人に向けて掃除しているんですね。だから、基本的には人のために何かをしたいっていうような思いがあるからですかね。

美容師業界

恨めしい相手の髪の毛を人形にこめて釘を打つ。そんな習俗を聞いたことがあるだろう。古来、髪には念がこもるとされ、櫛《くし》は呪具としても扱われてきた。朝から晩まで無数の髪の毛に触れる美容師。切った髪の毛が残る店内。因果ゆえではなく、店にも人にも不可解な現象が起こるのは、髪の毛の存在が何かを招くからなのだろうか。

それ私のせいかも……

ミーコさん（仮名・ヘアメイクアップアーティスト）

突然、勢いよく蛇口から水が流れだした。それがはじまりだったように思う。

仕事が終わった後、スタッフルームで後輩と話しているときだった。洗面台の蛇口はセンサー式ではなく、手でひねらないと水が出ないタイプのものだ。誰も触れていないのにゆるむとは考えづらい。

「えっ、こわっ」

後輩は半笑いだったけれど、たぶん、本気で気味悪がっていた。でも、深刻にとらえるのはもっと怖くて、私たちは「やばいね」「そんなことある？」と茶化しながらそそくさと店を出た。

そんなことが、勤務先のヘアサロンで何度か続いた。

誰もいない場所で足音を聞くとか、誰もいないのに店の自動ドアが開いたとか、待合室に誰かが座っているのが見えたはずなのに覗いたらいなかった、とか。

どれも気のせいと言われればそれまでだし、はっきりしないのは気持ち悪いけど、とくに害はないものばかりだったから、気にしないようにして放置していた。

「幽霊も入ってこられないような店は繁盛しないんだよ」

昔、先輩からそう言われたのを思い出した。

そんなあるとき、車で大通りを運転していて事故に遭いかけた。突然、男の子が車道に飛びだしてきて、急ブレーキを踏んだ。いまでもはっきりと覚えている。黄色いTシャツに淡い色の半ズボンを穿《は》いた、小さな男の子。

轢いてしまったかもしれないと車を降りてあたりを探しても、そんな子はどこにもいなくて、轢いた痕跡もなかった。周囲の車が苛立つようにクラクションを鳴らしてくる。助手席でさびしそうに鳴き声をあげている飼い犬を抱きかかえ、ばくばくと高鳴る心拍を整えるので精いっぱいだった。

——何、あれ。

人間じゃなかった、のだろうか。

これはまずいかもしれない、とそのときようやく私は思った。


「なんか最近、おばけとか見えるようになったっぽいんですよね」

まじめに話すとよけいに怖くなりそうで、私はあえて冗談のように人に話した。笑い話にしていれば、そのうち何事もなかったようになるんじゃないかと、まだ呑《のん》気《き》に考えているところもあった。たいがいの客は、「えー何それ」「疲れてるんじゃないの」と面白半分なリアクションをしてくれて、それでほっとしようとしていた。

ところが、常連客のひとりであるAだけは、深刻な顔でかえしてきた。

「それ、私のせいかもしれない」

「なんで?」というのが、その発言に対する正直な感想だった。「いや、そんなわけないじゃない」と。

「なんかね、電波塔みたいに幽霊を呼び寄せちゃうタイプの人間がいるんだって。そういう人は、近くの人も巻き込んで影響を与えちゃうみたい。私、毎日ミーコに髪の毛やってもらってるでしょ。だからたぶん、伝《う》染《つ》しちゃったんだ」

「そんな、風邪じゃないんだから」

笑い飛ばしそうになったけど、Aの表情は真剣だった。

「Aちゃんが、その電波塔みたいな人ってこと？」

「うん。なんか昔から、よくないことがまわりでいっぱい起きるんだよね」

「そうなんだ。じゃあ、Aちゃんも気をつけなきゃ」

「大丈夫。私は、ミーコの写真を待ち受けにしてるから」

「えっ？」

ほら、と見せられたスマホの画面には、満面の笑みを浮かべる私が映しだされていた。いつだったか、頼まれて撮られたことがある。それは覚えているけれど。

「……そんなんで、意味あるの？」

「あるよ。ミーコ、ものすごくパワーが強いから。写真を持ち歩いてるだけで、いやなものを撥《は》ねのけてくれるんだよね」

「ふうん。まあ、それでAちゃんの気持ちがラクになるならいいけど……」

戸惑いを隠しきれない私に、Aは大事そうにスマホを握りしめる。

「私、ミーコがいないとだめなの」と。

そういえば、Aが私を指名しはじめた頃、同じことを言っていたなと思い出す。

『ミーコにヘアセットしてもらわなきゃ、私、うまくいかないの』

そう言ってくれる女の子たちはほかにもたくさんいたけれど、Aの言葉はいつもちょっとだけ、ほかの子よりも切実だった。

私の勤めるヘアサロンは都心の繁華街にあって、連日、キャバクラに勤める女の子が入れ代わり立ち代わりやってくる。

Aもそのうちのひとりだった。

とにかくまじめな子だった。いまどきそんなに律義に頑張る子は珍しい、というほどお客さんに丁寧なメッセージを送り、毎日百通以上のやりとりをしながら、成果を出そうと必死だった。

私を指名してくれるようになったのも、努力の一環だったのだと思う。

その頃、ありがたいことに、私が担当した子は売れる、という噂がたっていた。それにすがるような気持ちもあったのだろうけれど、一度、指名を私にさだめたならば、変更できない融通のきかなさみたいなものも、Aにはあった。

普通にちゃんとかわいいけれど、この街では決して突出しているわけじゃない。きっと、彼女が願うほどには売れないだろうと、私はうすうす感じていた。

全国で一、二の規模と言われるこの繁華街は、華やかな反面、歪んでもいる。

お気に入りの、いまで言うなら〝推し〟の子をトップに押し上げるため、みんながじゃぶじゃぶお金を使う。キャバクラに勤める子たちは、自分が推される一方で、多くの子がホストを推していて、稼いだぶん以上の金額をみずからもこの街に落としていく。そのために、風俗の世界に足を踏み入れた子たちも、少なくない。

無数の欲望が渦巻くこの街で、生き抜き勝ち抜くのは並大抵の努力ではかなわない。Aのように、特別なセンサーがなくたって、歩くだけでよからぬものを拾ってしまいそうな邪念に満ちた空気の中、自分にとって都合のいいものだけを選びとり、堂々と胸を張ることのできる天性の強さを持つ人たちだけが、トップに登りつめることができる。

普通じゃないことを普通にできるような人でなければ、だめなのだ。

毎日コツコツと同じことを積み重ね、少しでもズレると不安になる。そんなAは、人としては好ましかったけれど、この街で生きるにはまじめすぎたように思う。

「ミーコさん、最近、おばけを見たって言わなくなりましたね」

後輩に指摘されたのは、それから数か月が経った頃だった。

その頃にはもう、おかしなものに遭遇するのは日常茶飯事になっていた。だけど男の子の一件を除いては命にかかわるようなものはなく、「今日はこんなのがいたよ」と食事の話をするみたいに、後輩には報告するようになっていた。

だけど言われてみれば、ここ二週間くらいは何も見ていない気がする。

なんでだろう、と首をひねって、はたと気づいた。

そういえば、しばらくAの予約が入っていない。

週に六日、多ければ七日会っていた彼女と、二週間ほど顔をあわせていなかった。

「あの子、入院したんですよ」

Aと同じ店に勤める常連客のひとりが教えてくれた。

「急だったんで、なんか事故ったのかなと思ったんですけど。あまり人とつるまないから、誰もよく知らないんですよね」

——昔から、よくないことがまわりでいっぱい起きるんだよね。

Aの言葉がよみがえる。

そこで初めて、私はぞっとした。あの子が言っていたことはもしかして全部本気で、全部本当のことだったんだろうか。

結局、それっきり彼女がうちの店に来ることはなかった。

私がおかしなものを見ることも、嘘のようにぱったりやんでいた。

再会したのはそれから半年くらい経った後、彼女から突然ＬＩＮＥが来たのがきっかけだった。聞けば、キャバクラの仕事を辞めて、大阪にいるという。ちょうど私も大阪に行く用事があり、せっかくだから飲もうという話になった。

会ってまず、彼女が以前と変わっていないことにほっとした。一緒に住んでいる彼氏の写真も見せてくれて、幸せいっぱいなのだと思った。ところが、酔いが少しまわってきた頃、Ａはぽつりとこぼした。

「大阪に来てから、よくないことが立て続けに起きるんだよね」

そうして彼女が話しはじめた内容は、盛りすぎではと思うほどひどいものだった。「勤めているエステサロンの代表が自殺してしまった」からはじまり、「父親が癌《がん》になり、亡くなってしまった」「父の墓参りに行く途中で弟夫婦が事故に遭い、弟の妻、つまり義理の妹が流産してしまった」「ダンススクールでバイトをはじめて、コンクールに出場する生徒について東京に行ったら、ホテルで寝ているはずの生徒が夜中に抜けだして事故に遭い、亡くなってしまった」と、そんなに不幸が重なるものだろうか、と信じられないような出来事をとうとうとＡは語った。

さらに、飼っている犬は原因不明の嘔吐《おうと》をくりかえしていて、いまにも死にそうなのがかわいそうで見ていられない、という。

「やっぱり私、ミーコがいないと変になっちゃう」

泣きそうになりながらAは言った。

それからだ。私がまた、変なものを見るようになってしまったのは。


東京に戻ってしばらくして、車の運転中に白い服を着た女性が目の前をすうっと横切った。とっさにハンドルを切らずに済んだのは、あの男の子のときとは違って、人ではないことが最初から明らかだったせいだ。

足はあった――と思う。

だけど、歩いているというよりはすうっと浮くように、二車線をまたいで斜めに移動していた。何より、そこは一般道ではなく、出口のない高速道路の真っただ中だったのだ。人であろうはずもなかった。

そんなことが、続くようになった。

以前のように、Aと日々対面しているわけじゃないし、髪に触れているわけでもない。それなのにこんなにも影響を受けてしまうのだろうかと、私は怖いというよりも、呆然としてしまった。

私とあの子は、いったいどんな縁で繋《つな》がっているというのだろう。

霊視ができるという人に、一度話を聞いてもらったことがある。

「Aって子は、前世の前世のそのまた前世からやりなおさないといけないね」

と、その人は言った。

「つまり、どうにもならないってこと。ミーコさんは何かが見えたとしても、それほど悪い影響はないと思うけど」

「先生が、Aちゃんを助けてあげることはできないんですか」

先生は、とんでもないというように顔をしかめた。

「百万円積まれたってお断り。こっちが危なくなっちゃうからね」

だとしたら、Aはずっと、つらい思いをし続けるしかないというのか。

あれほどまじめに、あれほど頑張って生きているのに。そんなのって、あんまりじゃないだろうか。

「しょうがないよ。生きているあいだはずっとつらい。そういう業《ごう》を背負った子というのは、いるものだから」

「どうしようもないんですか」

「残念ながら。でも大丈夫。その子、絶対に死ぬようなことにはならないから」

その言葉に安心しようとして、ふと、思う。

――死にたいほどつらい目に遭っても、死ぬことができないのだとしたら。

最後のやりとりは、彼氏と揉めて別れることになった、いまは転居先を探しているという報告だった。また落ち着いたら連絡するね、と。

だがその翌日、彼女はＬＩＮＥのリストから消えてしまった。以来、音信不通だ。何があったのか確かめるすべはない。考えてみれば、私は彼女の電話番号も知らなければ、源氏名以外の名前も知らないのだ。

いま、どこで、何をしているのか――。

探るすべはどこにもない。

私が何かを見てしまうことも、ずっと、ない。

髪の毛には、宿る

林原未央《はやしばらみお》さん（仮名・美容室勤務）

おかしなものを見るようになったのは、結婚して九州に引っ越してからだ。

夫と暮らしはじめたのは二階建ての一軒家で、寝室がある二階へあがるとき、ぎい、ぎい、と階段が軋《きし》んだ音を立てるほどには古かった。夜中にひとりでトイレに行くのがちょっと怖いなと思っていたけれどその程度だ。何かがいる、何かが起こるとは思っていなかった。

ただ毎晩、寝苦しさを感じてはいた。

寝つきはよかったはずなのに、夜中の二時頃になると、決まって目を覚ましてしまう。なんだか身体が重くて、うまく寝がえりも打てずに、疲れを抱えたまま夜明けを迎えるはめになってしまう。

そうしてある日、気がついた。

私の足元に、ゆらりと立つ黒い影があることに。それは男の人のようだった。見覚えなど一つもない、縁もゆかりもなさそうな中年の男。それが複数いるのだ。

気味が悪かった。だけど、同時に腑《ふ》に落ちた。そうか。全部、この人たちのせいだったんだ。

誰もいないはずなのに階段が軋む音が聞こえたり、廊下を歩く誰かの気配がしたり、家の中にいると始終見張られているような気がしたり。

夫には気のせいだと聞き流されていたけれど、全部この人たちのせいだった。そう思ったら、少し気がラクになった。

怖くないのか、逃げたくならないのか、と言う人もいるかもしれないけれど、彼らが私に害をなそうとするそぶりはない。ただそこにいるだけ、私のことを見ているだけ——それだったらいいかと受け入れてしまったのだ。そもそも私のほうが、後からやってきた新参者なのかもしれないし。

とはいえ、引っ越してきてから妙に疲れやすくなっているのも彼らのせいだとしたら、それはちょっと困ったことだった。昔から体力には自信があったのに、午後になると立っていられないほどぐったりする。病院で診てもらっても異常はないと診断されるし、ただの寝不足かと思っていたけれど、もしも彼らのせいなら、やっぱり看過できない。

仕事にも支障が出ていた。美容師をしている私には、技術と同じくらい体力が必要とされるからだ。

こんな悩みをまともに聞いてくれるものか逡巡《しゅんじゅん》したものの、ひとりで抱えきれず、ついに職場の人に相談してみたら、意外にもお祓いを専門にする人を紹介してくれた。

「うちの店も前はよく出てね、お願いしたらすぐによくなったの」

この業界に幽霊がつきものなのだと知ったのはそのときだ。

美容師は、あたりまえだけど他人の髪に触れ、それを切り落とすのが仕事だ。ふだん意識することはない。でも、髪はその一本一本が根元から毛先まで生きている。美容室の床に散らばるのはいわば、髪の「死骸」である。生きていたものだったら、きっと髪にも記憶や念が宿っていていても不思議ではないのではないか？

そう考えたら、日々、何十人もの髪を、何千、何万本と切り落とし集められるその場所に、人の念が集まってしまうのは当然のことのように思えた。

さらに美容室にはいくつもの鏡が存在している。店によっては鏡どうしが向かいあわせの「あわせ鏡」になるように、レイアウトされている場合もある。

覗きこめば、鏡に映る鏡のそのまた奥にはてしない世界が続いていく。その先に自分ではない誰かが、現実にはない何かが潜んでいたとしても、気づくことはできない。その想像がいかにおぞましいものであるか、鏡を見ると身震いがした。

以前の私だったら、そんな話をされても笑い飛ばしていたかもしれない。

だけどいまは、夜中にひとりカットの練習をしているとき、椅子《いす》が引きずられる音がしたり、誰もいないのにドアが開いてちりんとベルが鳴ったりする現象が、気のせいでは済ませられなくなっている。

九州での暮らしは、お祓いをしてもらってなんとかなった。でもそれ以来、どうやら私は、見えやすい人になってしまったらしい。

街を歩いていてときどき黒い影をまとった人とすれ違う。それだけでとたんに具合が悪くなってしまう。そんなことが、少なからず起きるようになった。

はっきりと、人ならざるものに再び遭遇したのは三年前。神奈川に戻り、いまの店に勤めはじめたばかりの頃のことだ。

シャンプー中、視界の端に黒い男の人の影が見えた。それがはじまりだった。

あの古い一軒家で見た男の人とはもちろん違う。だけど、黒さが同じだった。

なんて表現すればいいのだろう。色としてただ黒いのではなく、存在そのものがぽっかりあいた穴のようで、そこだけ深い闇がたたずんでいるような、ぞわっとする感じ。触れるとそのまま呑み込まれて、とりこまれてしまうような気がしてしまう。

もちろん触りたいなんて思わない。かといって、向こうから近づいてきたり、危害を加えられたりするわけでもなかったから、当面、誰にも言わず、静観することにした。働きはじめたばかりの職場で、妙なことを言うやつだと浮いてしまうのも怖かった。

でもしだいに九州にいた頃と同じように、全身が沈むようなだるさと、頭痛やめまいが襲ってくるようになった。

これはまずいと思っていた頃、同僚の女の子が青ざめた顔で言った。

「いまうしろを走っていったの、誰ですか？」

そのとき職場にいた人たちは全員何かしらの手作業をしていて、彼女のうしろを走る余裕などないはずだった。

「声をかけても返事がなくて。何かあったのかなって追いかけたら、誰もいなくて。そういうことが最近……何度もあるんです」

泣きそうになりながら話す彼女に、「私も」とつい口に出していた。

「私も、たぶん、見ました。男の人ですよね？」

彼女は目を見開くと、ゆっくりとうなずいた。職場にぴりっとした空気が走る。

「ちょっと前に辞めた子も、似たようなことを言っていたな。そこの、シャンプー台の近くじゃない？」

いつになくまじめなトーンで話しはじめた店長が、そっと指をさした。そこは、店内でもとくに照明があたりにくく、影が落ちて薄暗くなっているところだった。

私と同僚は顔を見あわせた。

「うちの店が入る前、ビルが火事になったことがあるんだよ。火事自体はそれほど大きくはなかったみたいだけど、その際にひとり、男の人が亡くなったって聞いたことがある。だいぶ昔の話なんだけど」

みんなが、その薄暗い影に視線をやる。

もちろんそこには、誰もいない。

だけど、いまにも黒い影をまとった男の人がそこから浮かび上がってきそうなイメージがはっきり見える。私たちは青ざめたまま、言葉をなくしていた。


私にできるのは、以前お祓いをしてくれた人に連絡をとることだけだった。

「髪がよくないものを集めるって話は、前にもしたでしょう」

その人は電話口の向こうで淡々と言った。

「表面はきれいにしていても、たとえば、排水管に髪の毛がたまっているということはよくあるの。塩水を流してから、髪の毛を溶かすことのできる洗剤ですべての排水口を流してみなさい。それから、すべてのシャワー台の下に塩を盛ること。それだけで、だいぶ状況はよくなるはずだから」

それからすぐに、その人の言うとおり、すべてのシャワー台につながるパイプを掃除することにした。

いい機会だからと業者を呼んで、洗い場とつながるパイプをはずしたとき――私たちは全員、息を呑んだ。どのパイプにも、ヘドロのように変色し絡まりあった大量の髪がごっそりとへばりついていたのだ。

その美容室は数年前にリフォームをして、見た目こそきれいになっていたものの、店長の親の代から数えて三十年以上も続いていた。へばりついた髪は、その年月の蓄積そのものだった。

美容室で客たちは、ときに髪を切り落とすのと一緒に日頃の愚痴を吐き捨て、心に巣食った淀みをすべて洗い流していく。

これまで何百人と訪れてきた客たちの情念が、髪の死骸とともにこの店に残り続けていたのかもしれなかった。

それ以後、見えるところも見えないところも、みんなが熱心に掃除をするようになったから、美容室はいつでもぴかぴかだ。

心なしか店内の空気が明るくなった気がすると、お客さんからの評判もいい。客足も伸びて、私も指名してもらえることが増えて、いいことづくしだ。

あれから黒い男の人を見たという話は、誰からも聞かなくなった。

だけど本当にいなくなったんだろうかと、シャンプー台に立ちながらときどき考える。これまでずっとこの場所に執着していた彼が、店をきれいにしたくらいで消えてしまうものなのだろうか、と。

こぽこぽこぽと音を立てながら、シャンプーの泡と一緒に髪の毛を吸い込んでいく排水口の奥を覗き込む。

あわせ鏡の奥のそのまた向こうと同じように、この穴の向こうに何があるのか。本当のところは私たちには何もわからない。

洗剤では溶かしきれない髪の毛の残滓《ざんし》がいつかまた降り積もったとき、何かが起こらないとも限らない。

ちりんと入口のベルが鳴って、ドアの隙間から風が吹き込んでくる。でも、「いらっしゃいませ」と顔をあげても誰もいない。そんなことがいまでもときどき起きる。

そのたびに「気のせいだ」と思い直しては、お客さんの髪に触れている。

集まったのは、全国各地で活躍するプロフェッショナルたち。ヘアメイクアップアーティストのミーコさん。新潟県で個人のヘアサロンを経営する、ヨシさん（仮名）。神奈川県の大手美容室に勤める林原未央さんは霊感があるといいます。

——美容師はなぜ客からの相談が多いのでしょうか?

林原　女性ってやっぱり自分が溜めてたものを話すとけっこうすっきりするんですよね。霊感のあるお客様だと盛り上がったりします。例えば、自分の親戚が亡くなる前に挨拶に来たみたいな話はよく聞きます。

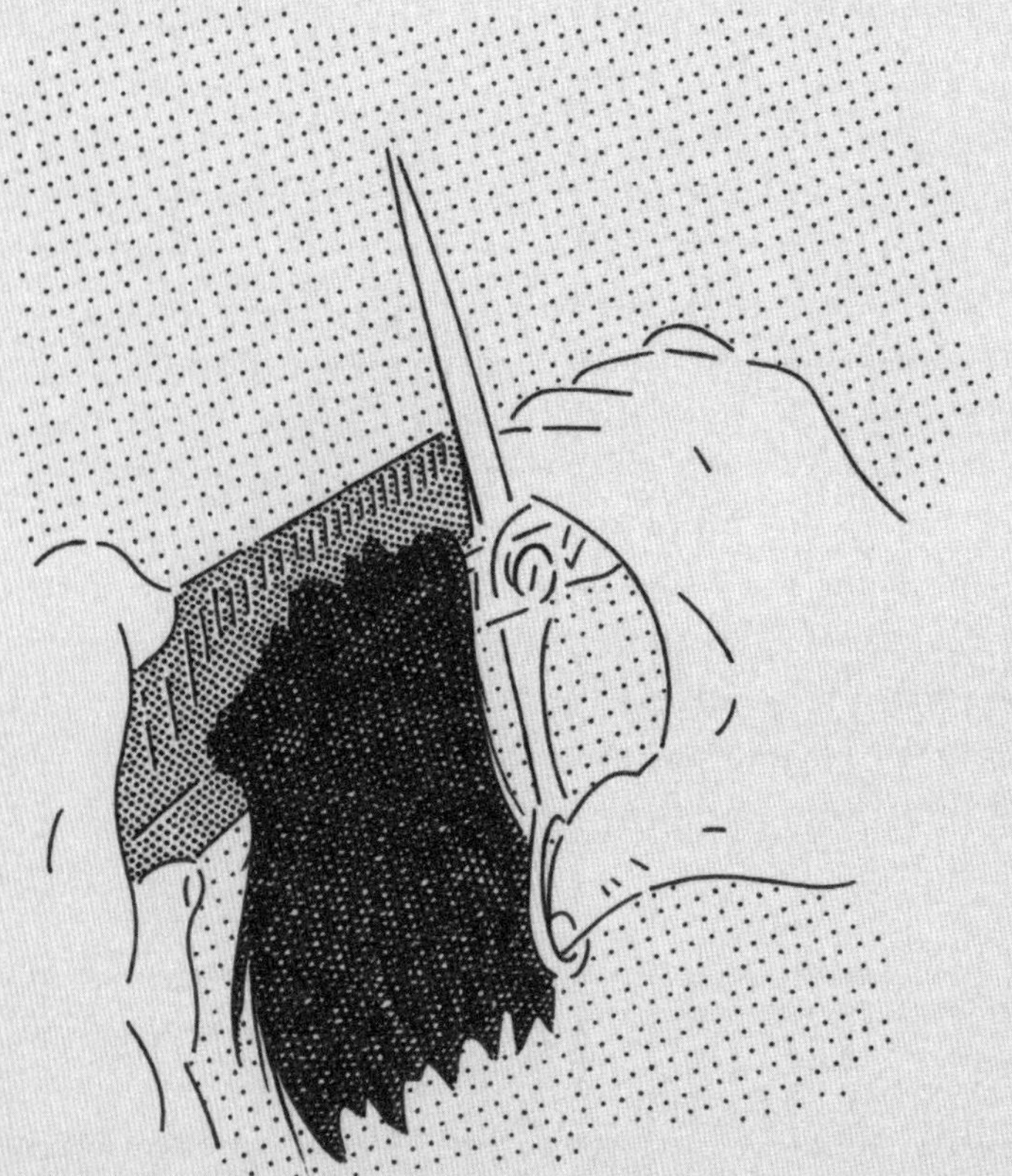

ミーコ　自分のことをよく知らない誰かにふと話したくなっちゃうときとかありません？　ママじゃないし、親友じゃないし、彼氏じゃないけど、ちょっと離れた距離の人に話したいみたいな。話そうとしてじゃなく、そういう人に会ったときにフワッと話が出てきちゃったりとか。

ヨシ　あります、あります。

ミーコ　第三者みたいな。

ヨシ　どこに漏れるわけでもないですし、言って害があるわけでもないですし。こちらは接客業なので、お客様が否定とか拒否みたいなことをされるっていうのがまずない状態で、且《か》つ外にも漏れないし、誰かに言って問題になるはずもないってことで安心してるんじゃないですか、やっぱり。

——美容師には、心霊現象とは別にお客に言われると困ることもあるんだとか。

ミーコ　ロングヘアの方がアップスタイルにしたときに急にソワソワして、髪がないのが気になったりして。全部作り上げたときに「やっぱりおろしてもいいですか」って言う人がたまにいるんですよ。

ヨシ　恐ろしいですよね。一回きちんと作って、「よし、これで終わりだ」となったものを、「やっぱり……」って言われたら、最初からじゃんってなるじゃないですか。まぁ、おろせば元どおりにはなりますけど、時には髪を切っちゃってる場合もありますからね。

——空間として美容室にいて気になることはありますか？

ヨシ　美容室は水もあるし、鏡もある。素人目線でも、「ここはちょっと幽霊いそう」みたいに思うポイントはありますね。俺はひとりで働いてるので、お客さんが帰れば絶対ひとりきりじゃないですか。周囲に鏡がある中でひとりで片付けをしていて、動いているのは自分だけなのに、なんかこっちの鏡でフッて動いたみたいな。もちろんその方向を見ても何もいない。または、俺は聞き間違いだと思っていますが、階段が「カツンカツン」みたいな音がするときもあったり。あとは、前に働いてた店だと、誰もいないのに、センサー式の扉が開くとか。

ミーコ　ある。めっちゃありますよ。

ヨシ　共感得られちゃった（笑）。俺は誤作動だなって思っていますよ。

――切った髪の毛についてはどのように感じていますか？

林原　オカルト的な感じですけど、呪《のろ》いとかよく髪の毛が使われるとか聞きません？　その人の髪の毛を使うみたいな。

ヨシ　藁《わら》人形の中にその人の髪の毛を入れて打つみたいな。

林原　あと、好きな人を自分に振り向かせるために、好きな人の髪の毛が何本も必要だとか、何かとあるじゃないですか、髪の毛って。昔から何かそういうのがあるのかなって思います。

ヨシ　やっぱり人毛が使われている昔の人形って毛が伸びると聞きますよね。でも、職業柄、体に切った髪の毛がついたままいるわけなんで、美容師って。今日もパッて服を掃《はら》ったら、切った髪の毛が落ちると思うんですけど、よく考えたらその状態で俺は過ごしてるってことですからね。

ミーコ　私は休みがあまり取れないんですけど、取れなくても、午前中だけでも半休で、海に潜りに行ったりします。海って塩だからめっちゃ浄化されます。めっちゃ。みんなも潜ってください。

ヨシ　えー（笑）。

――不思議な出来事に出くわしても、仕事を続けているのはなぜでしょうか？

林原　やっぱり美容が好きなので、お客様をきれいにして、それを喜んでいただけるっていう仕事が好きだからですかね。

ミーコ　お客様をかわいくしてあげることって当たり前ではあるけど、それによって内面から自信がつくんですよね。例えば、おはようの頃はちょっと低めのテンションだったけど、私がヘアメイクをしたら今日一日それより上がった気持ちになって過ごせるってめっちゃすてきなことじゃないですか！

葬儀業界

亡くなったときに周囲がどう反応するかで、人の真価がしばしば見えるという。もしかすると、亡くなったその瞬間に、その人の生が凝縮して立ち現れることもあるのかもしれない。家族様式や人との距離感が変わりつつある現代。数々のご遺体と直に向きあい、最期の瞬間に立ち会う葬儀業界で働く人々が、生と死の狭間で目の当たりにしている情景とは。

聞こえるはずのない音

中田博隆《なかたひろたか》さん（仮名・葬儀会社経営）

検死されたご遺体は、たいてい警察の安置所で、冷えたステンレステーブルの上に寝かされています。冬などは、うかつに触れると皮膚が張りついてしまうんじゃないかと思うほどに冷えたテーブルに裸のまま寝かされているのを見ると、なんだか申し訳ないような気持ちになってしまいます。

ですが、ご遺体にいちいち感情移入していては、こちらも身がもちません。とくに警察に呼ばれたときは、あまりいい亡くなり方をしていないことが多いので、そのたびに想いをはせていては、自分の心が擦り切れてしまうのです。

だからといって、ご遺体をモノのように扱うことには抵抗があり、なんとも難しいものです。これは、そのようにご遺体との適度な距離感を探っているさなかにあった頃の体験談です。

その日に立ち会ったご遺体は、みずから死を選んだ方ということでした。寝巻姿のまま深夜に徘徊《はいかい》したのち、高いところから飛び降りてしまった……とのことでした。事故の可能性もあるそうで、詳しいところはわかりません。ご家族が捜索願を出して三日後、発見されたご遺体を本人と認め、葬儀業者の私が呼ばれたというのが経緯でした。

遺体安置所や霊安室というものは、どちらもだいたい建物の地下、とても静かな場所にあります。作業にあたる自分たちだけがそこに残されると、外界のいかなる物音も気配も感じられず、この世から隔絶された空間のようにすら思えます。

ご遺体に手をあわせた私は、いつものように相棒と二人で仏衣を着せるべく、身体を起こしました。このとき、ごぷっとゲップをするような音が漏れることがあります。亡くなった後も、しばしばお腹に空気がたまったままになっていて、身体をねじったり折り曲げたりすると、胃が刺激されてそのような現象が起きるのです。

仕事をはじめたばかりの新人だったらともかく、二十年以上この業界に身を置いている私が、それくらいで驚くことはありません。

ところが、その日はちょっと様子が違いました。

ご遺体の腕に衣の袖を通そうとしたとき、

「すうう……すうう……」

一定のリズムを刻むような音が、耳に響いてきたのです。

――なん、だ？

私が手を止めるのと、相棒の動きがかたまるのは同時でした。

思わず見あわせた相棒の瞳の奥に、恐れに似た困惑の色が浮かんでいました。

「すうう……はあぁ……すうう……はあぁ……」

――これは、もしかして。

いったん落ち着こうと思って深呼吸をした私の息は、聞こえてきた音と同じものでした。明らかに自分と相棒以外の誰かが、呼吸をしている音なのです。

私は、何も言いませんでした。

相棒も、口を開こうとしません。

目に留まった時計は、深夜二時をすこし過ぎた頃を示していました。

この安置所もまた警察の奥まった場所にあり、用もなく人が通りかかることはありません。慣れていたはずの静寂が、不気味なものに思えてきます。些細な物音がとんでもなく大仰に聞こえるのは、いつものことですが。

――でも、この音は。

十秒、いや二十秒経った頃でしょうか。意を決して、何事もなかったかのように作業を再開した私の耳に、その音は届かなくなっていました。

どうしても、ご遺体の顔を見る勇気はありませんでした。

胸元もそのほかの部位も硬直したままで、いっこうに動く気配はありません。あたりまえです。とうに亡くなっているのですから。

――気のせいだ。そうに決まっている。

その日、私たちは無言のまま仕事を終えて、帰路に就きました。

車で二人きりになってからも、相棒があの音の話題に触れることはなく、やはり私の独り相撲だったのだと思うことにしました。

この仕事に寝不足はつきものです。深夜の依頼も少なくなく、葬儀の手配や役所の手続きなどに駆け回っていると、あっというまに二十七、八時間が経過してしまいます。

おおかた、連日の依頼で疲れがかさみ、幻聴を聞いたにちがいない。

そう判断するのが、妥当でした。


それから三年後のことです。

地方の企業に勤めているという男性から連絡がありました。

「父親が亡くなったんで、葬儀の依頼をしたいんですけど、いまプロジェクトを抱えていて会社を離れることができなくて」

葬儀はするものの、すぐには何もできないという依頼主の話に困惑していると、先方が提案してきました。

「大学病院に頼んで冷凍安置してもらっているので、三日後の午後七時に病院のロビーで待ちあわせるのでいかがでしょう」

もちろん問題はありません。しかしいくら忙しくても、父親の死に駆けつけることもできないのだろうか、という驚きはありました。もしくは、せめてほかの親族などが対応できないものだろうか、と。

三日間も誰かが一度も訪れることがないまま、霊安室に入れられっぱなしのご遺体を想像すると胸が痛みますが、部外者の差し出口というものです。

でもこういうことは、ときどき、あります。

亡くなったからといって、人は聖人になれるわけではありません。生前、家族とどんな関係を築いていたかなんて、私たちには知る由もなく、私たちにできるのはただ、どのご遺体も分け隔てることなく、安らかに眠れるよう整えることだけです。

「わかりました、お受けします」

私が謹んで返事をすると、電話口の向こうから、ほっと息を漏らすのが聞こえました。

三日後、依頼主と落ちあい、葬儀の打ちあわせや確認をしました。その際、ご遺族には依頼主に二人の兄弟がいて、さらには母親も存命であることがわかり、なぜ三日間も誰も駆けつけようとしなかったのか、ますます不思議になりました。

打ちあわせを終えて、私は相棒と二人で霊安室に向かいました。対面したご遺体は、病院の地下の一室に裸の状態で安置されていました。

その日の相棒は、アルバイトに来ていたMという若い男の子でした。現場の経験はほとんどないながらも、ご遺体を前にしても過剰に感情を表すこともなく、てきぱきと作業に移ってくれる、とても頼もしい存在でした。

ステンレスのテーブルに寝かされたご遺体は、一目見るなり肝臓を悪くしていたのがわかるほど、全身に黄疸《おうだん》が出ていました。三日間冷蔵庫に寝かされていたせいでしょう。皮膚もかたまってしまい、仏衣を着せるために動かすのも一苦労でした。

それでもなんとかご遺体を傷つけないように、ゆっくり身体を起こしたそのときです。

「すうう……はああ……」

覚えのある音が聞こえ、思わず私は手を止めました。

「すうう……はああ……すうう……はああ……」

——聞き間違いだ。

私はまたも、自分に言い聞かせました。

あのときほどではないものの、いまもかなり疲れがたまっています。そもそも、この仕事をしていて疲れていないときなどありません。

――また幻聴だ。白日夢だ。そうに決まっている。

そう思おうと、自分に言い聞かせていたのですが、

「……い、生きかえった！」

手を止めたまま微動だにしなかったMが突然叫んで、ご遺体から手を放しました。

「医者……医者を呼ばないと！」

後じさりながら、きょろきょろと何かを――おそらく内線電話を――探している彼を見ながら、私は不思議と平静で、静かなため息を漏らしていました。

――ああ、やっぱり聞き間違いじゃなかった。

あのときもいまも、まぎれもない現実の音だったのだと、思い知らされたのです。ショックや恐怖というよりも、ただただ打ちのめされていました。

私は、ご遺体をそっと、口元を見ないようにしながら寝かしなおしました。そして、ほとんど腰を抜かしているMに、精いっぱいの言葉を投げかけました。

「そんなわけないよ……生きかえるわけ、ない」

「でも、でも、息してますよ！　き、聞こえますよね⁉」

人は、自分より慌てる人間がいると冷静さを取り戻すものです。

私は、Mが指さすままにご遺体を見ました。あのときは、どうしても確認できなかったその顔、そして口元を。黄疸の浮かびあがった皮膚は、どう見ても死者のものでした。頬に赤みがさしている、なんてことも当然ありません。

ですが、ほんのり開いた唇の隙間。そこからは確かに、何かが漏れています。いや、いまも漏れ続けているのです。

「……一分、待とう」

「そんな、この人、死んじゃいますよ！」

「よく考えて。三日間も飲まず食わずで冷蔵されていたんだよ。生きているはずがない」

「いや、だって！」

「そもそも、すでに死亡が確認されているんだ。きみだって見ただろう、医者が依頼人に死亡診断書を渡すところ」

「だけど！　いま、ここで息してるのに！」

絶叫するMに、僕は首を振った。

「とりあえず一分。一分だけ待とう」

「……いいんですね、それで」

「だって、しょうがないじゃないか」

医者を呼んだとして。呼吸をしているのが確認されたとして。

――それで、どうする？　この姿の父親を生きていますと引き渡されて、はたしてあの息子は喜ぶのか？

そんなことを考えているうちに、音は少しずつ小さく、かすれていきました。

「す……は……」と、ささやくような音が宙に吸い込まれていき、やがてもとの静寂が訪れます。もう一度ご遺体の顔を見ると、心なしか、ひとまわり小さくなったように感じられました。

抜けたんだ、という気がしました。

今度こそ、本当に。この人の中から、命の残滓が。

Mは黙ってご遺体を見つめていました。そして、もう二度とご遺体が呼吸音を漏らさないことを確認すると、

「……殺しちゃった」

責めるような目で私を見ました。

「最初から亡くなっていたんだよ」

「息をしてたのに」

「医者を呼んでも、到着する頃には同じことになっていたよ。私たちがおかしくなったと思われるだけだ」

「それは……そうかもしれないですけど……」

私たちは息を整えなおしました。

自分たちの呼吸音を聞くことすら抵抗がありましたが、二人で落ち着きを取り戻したのち、再びご遺体に触れます。心なしか、Mの触れ方はさっきよりも優しくなっていたようでした。


「疲れていたのでしょう。緊張状態で共同作業をしていると、同じ幻を見るという話も聞きます。日頃冷静な人だといっても、Mさんは人の死に近づく経験が少ない若者なのですから」

後日、心療内科に相談に行くと、医師にそんなことを言われました。そう言うしかないよなと思いながら、私も「そうですよねえ」と頭をかきました。

——でも、だとしたら、三年前の私は？　何十年とこの仕事を続けていた当時の相棒は？

三年前のあのときも、ご遺体は確かに息をしていたのです。

どちらも亡くなってからの三日間、ご家族と対面することなく安置されていた、というのはただの偶然にちがいありません。しかし、冷たい場所にひとり放っておかれたさびしさが、昇華しきれぬ未練として身体の内にとどこおっていたのかもしれません。

もしかすると、その死に無念があって、最後の最後に、誰かに何かを伝えたくなってしまったのかも。

あるいは――。

私には何もわかりません。しかしもしも、もう一度あの音を聞く日が訪れてしまったら。そのとき自分はどうするのだろうと、ご遺体を抱き起こすたびに脳裏をよぎります。

「私にできることはありますか」と。

次はそう聞いてみたい、そんな気もしてしまうのです。

100

コンセキノコスナ

尾崎正則《おざきまさのり》さん（仮名・葬儀会社経営）

夏になりかけの、暑い日の午後だった。

仕事の電話が来た。妹が亡くなっていたので、自宅に来てほしいという依頼だ。自死だ、ということはうすうす察せられた。おそらく、死後幾日かが経過しているのだろうということも。

今日の仕事を終え、帰り支度をしていたところだったが、ほかに出向ける人間もいない。僕は白衣を羽織り、化粧道具を持って、スタッフの運転する車に乗り込んだ。訪問医療の医師に見えるようちょっとした変装をするのは、葬儀屋としてのマナーだ。近所に余計な詮索をされて、悼むべき死の現場を踏み荒らすようなことがあってはならない。

車を降りたとき、かすかなにおいが鼻をついた。焼けた木材のような、かと思えばちょっと蒸れた湿気のあるような、独特のにおい。

腐敗臭だ。

僕はそれに導かれるように、現場のあるアパートに向かった。スマホなんて便利なもののない時代だ。地図を片手に指定された住所を自力で探すのが常だったけれど、ときどき確認しなくても、腐敗臭が濃厚に立ち込めている気配で、あそこだ、とわかることがある。気温の高い時期なら、なおさら。

そしてだいたい、そういう現場にはいるのだ。見慣れた銀色のライトバンと、身軽にどこへでも行けそうなカブ。警察の鑑識車両と、地域のおまわりさん。

何度も現場をともにしたことのある彼らは一服中で、僕を見ると、よ、と片手をあげた。僕は会釈した。

「いま、ちょうど実況見分が終わったとこだからさ、あとはよろしく頼みますわ」

僕が到着してようやく帰れる、というように彼らは煙草の火を消した。

不便だけど、おおらかな時代でもあった。屋外のどこででも煙草を吸えたし、本来ならば現場に足を踏み入れるはずのない葬儀屋が、こうして後を頼まれる。おおらかというよりはいいかげん、か。

本来ならば、葬儀屋の出番は検死された後、警察の安置所にご遺体が置かれた後だ。けれど僕らの住んでいる地域では、全国的に見ても変死体の数が多く、検死を担当する医師が決まるまでへたすると数日かかる、という状況だった。警察もそのすべてを預かってはいられない。かわりに、ご遺体を保護するのもまた、当時の葬儀屋の仕事だった。

もう、三十年以上も前の話だ。

その日はたまたま近くにいた医師が現場に寄って、すでに検死も終えたらしい。珍しいことだったけれど、僕は葬儀屋としての仕事、つまりはご遺体に化粧をほどこし、装束に着替えさせることだけに集中すればよかった。

『妹を、安らかな顔にしてやってください』

電話口でそう話していた依頼者である兄は、いまもご遺体に寄り添っているのだろうか。

僕はアパートの二階にある部屋に向かった。その物件は女性専用らしく、オートロックの玄関を抜けた先の中庭はきれいに整えられていて、全体的に清潔感が漂っていた。男所帯とはまた違う、生活のにおい。その中に、近づけば近づくほど息苦しくなるような腐臭がまざりあう。

ここまで近づくと、たぶん嗅ぎ取っているのは僕だけではない。近隣の住人は、生ゴミを溜めているとでも思ったことだろう。でももしこれが冬で、誰かが異臭に気づくのが遅れていたら、ご遺体はもっと長くひとりぼっちで、部屋に横たわっていることとなったに違いない。

そんなことを思いながら、僕は指定された部屋のドアを開けた。「おじゃまします」と声をかけて靴を脱ぎ、静かにドアを閉める。廊下というには細くて短いキッチンのそなえつけられた通路を通って、リビングに向かう。よくある1Kの間取りだ。通路との境目にドアがないかわりに、しゃらしゃらと鳴りそうなピンク色のすだれがかかっていた。

それを何気なくくぐろうとしたとき、ぐしゃり、とも、べちょり、とも、つかない不快な感覚が、靴下越しに左足の裏に張りついた。

「……ひ」

思わず、声が漏れた。

古びた十円玉のような色をした、水よりも粘度のある液体。見慣れた、濃い赤。

息を呑んだ。

部屋の中は文字通り血が飛び散っていた。床にも、壁にも、そしてベッドで横たわっている、髪の長い女性の身体にも。

異様としか言いようがなかった。

床中に飛び散った血は誰も避けようがなかったのだろう。鑑識の人たちが踏んだ足跡がくっきりと残されていて、ひきちぎられたような髪の毛がそこらじゅうに散らばり、毛玉のようになっていた。ご遺体を見れば、右手の人差し指が真っ赤に染まり、そして長さが、ほかの指に比べて少し欠けている。

自分で食いちぎったのだ、ということはすぐにわかった。

その指で、壁に文字を書いたのだということも。


『タカシシネ』


大きく、乱暴に、ありったけの憤怒を込めるような、血文字。

エアコンが稼働しっぱなしだったのは幸いだった。かすかな機械音とともに冷風が舞う中で、蠅《はえ》や蛆《うじ》がうごめいていた。もし蒸された室内だったら、その数に耐えきれなかったはずだ。

僕は窓を開けて換気をし、専用の薬を撒《ま》いて、部屋を消臭した。靴下を履き替え、故人に近づくための道筋をつくるために、床の血をふきとった。でもどうしたって、その部屋にしみついた腐臭は、消えることはない。

ベランダではぱたぱたと音をたてて、白いワンピースがはためいていた。

「……なんで死んじゃったのかな」

そうつぶやいたのは、ひとりで静かな空間に取り残されるのが怖いから。そして、どんな姿であっても、最後まで生きた故人に人として向きあうためだ。

「まずは、身体をきれいにしましょうね」

そう言って僕は、全身の血をぬぐうためのお湯をくもうと、ユニットバスに向かった。おそらくそこで手首を切ったのだろう。血にまみれた小さな洗面所に置かれた、ピンク色と水色の二本の歯ブラシが妙に浮いて見えた。そして、蛇口をひねろうとしたそのとき、
バン！　バン！

と激しい音がして、心臓が飛び跳ねた。あわてて通路に飛びだすと、勢いよく閉まる玄関ドアが目に入る。なんだ、風か——納得しかけて、止まった。ドアは最初

に閉めたはずなのに？

いや、たぶんしっかりハマってなかったのだろう。そう自分に言い聞かせて、バケツに張ったお湯をご遺体のそばに運んだ。

「ちょっと失礼しますよ」

声をかけながらタオルで血を拭き取り、新しい洋服に着せ替えていく。ちぎられた指には包帯を巻いて、お顔に目をやった。

悲痛な亡くなり方をしたご遺体は、必ずと言えるほど口が開いている。目を閉じるのはそれほど難しいことではない。しかし、口を無理に動かせばご遺体を損傷してしまいかねない。生前の微笑《ほほえ》み、とまではいかなくとも、いかに口元を穏やかに施すかというのは、僕らにとって大事な仕事だ。

彼女の口元は、激しく歪んでいた。

物理的な痛み以上に、死の間際まで、憎しみがほとばしっていたのかもしれない。

「タカシ」という名前の、おそらくは水色の歯ブラシを使っていた男への。

何があったかわからないけど、せめてあなたの尊厳をとりもどせるように、精いっぱいつとめさせていただきます。そんな気持ちで僕はご遺体に触れていた。

そこに、彼女を軽んじる気持ちは一切なかったと断言できる。この仕事をはじめてまだ三年目、成人したてのひよっこではあったけれど、どんな亡くなり方をしたとしても、僕らが向きあっているのはその人が最期まで生きた証しなのだ、という敬意だけは常に忘れないようにしていたから。

——でも。

関係ないのだ、そんなことは。

彼女の無念と、怒りの前では。

そのとき、鋭く突き刺すような視線と気配を、天井のほうから向けられていることに、僕は気づいてしまった。その瞬間、脳裏に見知らぬ誰かの声が響いてくる。

「……ハヤクカエレ……ハヤクカエレ」

気のせいだと思い込もうとして、化粧を続けた。しかし、彼女のお顔の向きを変えたとき、

「ヤメロ！」

はっきりと聞こえた。脳内にではなく、耳元に。

「チカヅクナ」

「ノコスナ」

「スベテノコンセキノコスナ」

「カカワルナ」

「カエレ！　カエレ！　ヤメロ！　デテイケ！」

ふるえあがった僕は最後の仕上げを済ませるやいなや、早々に現場を立ち去った。逃げるようにそのまま自宅へ帰って時計を見るとすでに日付は変わっていて、家族みんなが寝ついた家は奇妙なほどに静かだった。

僕は、袋に入れておいた血の付いた靴下だけでなく、作業の際に身に着けていたものはすべて脱ぎ去り、専用の処理ボックスに捨てた。

コンセキノコスナ――痕跡残すな。

そう言われたことが頭から離れなかった。化粧道具など作業に使ったものもすべて捨てた。彼女に関わったすべてのものをこの世から消してしまわなければならない。そう思わずにいられなかったのだ。

それでも、あの部屋にしみついた腐敗臭は僕にまとわりついて、消えてくれなかった。原因はわかっている。靴下に彼女の長い髪の毛が巻きついていたのだ。あの部屋の痕跡を自宅に持ち込んでしまった気がして、ぞっとした。

処理ボックスには、会社から持ち帰ったお清めの塩を入念に振った。風呂に入ってすべてを洗い流し、線香を焚いてベッドに入ると、ようやく少しだけ全身の緊張が解けた。習慣である寝る前の読書をする余裕もないままうとうとしかかった頃、強烈なにおいに襲われた。

消し去ったはずの、あの部屋のにおいだ。

さらに僕は異常なほど汗をかいて、パジャマをぬらしていた。着替えなければと身体を起こそうとして、気づく。

動けない。

指先の一本すら微動だにできず、息もうまく吸うことができない。

これは夢だ。あるいは、身体の緊張がもたらす一時的な硬直だ。そのように理性的に判断しようとするのに、頭の片隅で警報が鳴り響き、ますます汗が流れだす。

さらに——

ううううううう。

唸るような声が聞こえたかと思うと、般若《はんにゃ》のような形相をした女性が足元から這って出てきて、僕の足首を強くつかんでくる。

動くことも、叫ぶこともできず、ただ女性を凝視することしかできない。

うううううううう。

うううううううう。

うめき声の隙間に、彼女の呪詛《じゅそ》のような言葉が漏れ出てくる。

コンセキノコスナ……コンセキノコスナ！

彼女が僕をベッドの下に引きずり込もうとした瞬間、奇妙なことに金縛りが解けた。僕はベッドのわきのパイプをとっさにつかむと、彼女に抵抗した。

ずり、ずりずり、ずり。

尋常ではない彼女の力に、少しずつ僕の身体はベッドの足元のほうへ下がっていく。だが、連れていかれるのはきっとベッドの下なんかじゃない。

この世ではないどこかだ。

そう悟った僕は、とっさに「残さないから！」と叫んだ。

「あなたの痕跡は残さない。お兄さんとも相談する。そうだ、お骨は海に撒くっていうのはどうだろう。海はきれいだし、あなたを苦しめる男もいない。安らかに、清らかに、眠ることができる。だからお願いだ、未練を残さずあちらの世界へ旅立ってくれ！」

実際は声なんて出ていなくて、ただ念じていただけかもしれない。そもそも、そんなふうに理路整然と冷静に伝えられていたとも思えない。

それでも、何か通じるものがあったのだろう……と、信じたい。

足を握る手をゆるめた、ような気がした次の瞬間、身体がふっと軽くなった。彼女の姿が消えたことを確認すると、僕はそのまま気絶するように眠りに落ちた。


翌朝、目が覚めると、ベッドの足元側にあるアーチ状のパイプの間に足が深く挟まれていた。自力で抜けだすのが困難なほど深く押し込められている姿を見た弟が、「何やってんの?」と呆れたように助けてくれた。

「よくあんなところに入り込めたね? 寝相が悪いってレベルじゃなくない?」

そもそも日頃の僕は、まるで死んでるんじゃないかと母親が不安になるほど静かに眠る人間だということは、弟もよく知っている。

「……変な夢を、見たんだ」

曖昧な笑みを浮かべて答えることしか僕にはできなかった。

けれど着替えようとして、目に留まった。両足首に、かすかな痛みとともに紫色の痣《あざ》がくっきりと残されていた。それこそ、パイプよりももっと太い、たとえるならば女性の手の大きさくらいの痣が、ぐるりと円を描くように。

ああ、と思った。

やはり彼女は、ここにいたのだ。

出社すると、彼女のお兄さんから改めて、葬儀を依頼する電話があった。僕は夢のことは話さず、それとなくお兄さんに散骨の提案をした。

「そのほうがあの子も、ゆっくり眠れるかもしれませんね」

彼にも思うところがあったのかもしれない。そう言って、了承してくれた。


いまでもときどき、彼女のことを思い出す。どれだけ誠実に仕事をしたつもりでいても、思いもよらぬ形で故人の意志をないがしろにし、怒りを買うことはあるのだと、そのたびに胸に刻み込む。

だから、意味がないということではない。

どんなに心を尽くしても足りないからこそ、あきらめずに、寄り添い続けなければならないのだ。この人はどんな化粧をほどこしてもらいたいだろう。どんな表情を、最後に会いに来てくれた人たちに見せたいだろう。考えながら、目の前で眠る人に問いかける。

どうすれば、あなたの尊厳を最大限守れますか、と。

そういうとき、現れてくれたら楽なのにな、と思うこともある。

幽霊でもいいから僕の目の前に現れて、一緒に相談できたらいちばんいいのに。

そのほうが、夢に出てきて脅されるよりは、ずっといい。


追記。

あれからしばらくして、とある不審死の現場に立ち会った。妻子のいる男が、マンションから飛び降りたという、よくあるといえばよくある話だ。

その男の名前は、「タカシ」といった。

彼女と関係があったのかどうかは、僕は知らない。

集まったのはさまざまな経歴を持つプロフェッショナルたち。以前は葬儀関係の生花店を営み、いまは葬儀業者となった中田博隆さん。十六歳から家業の葬祭業に従事し、老舗葬儀社を経営する尾崎正則さん。関東の葬儀会社に勤める大森英明《おおもりひであき》さん（仮名）。元火葬技師の経験を生かしてユーチューバーとして活躍する下村義雄《しもむらよしお》さん（仮名）。

——病院での不思議な体験はよくあることなのでしょうか？

中田　「聞こえるはずのない音」が二回目の体験でした。あまりにもアルバイトの男の子が取り乱したので、実は二回目だってことは言いませんでした。一分待ってまだ呼吸音が続くようなら医者を呼ぼうと言って、彼を落ち着かせたら、静かにその音はなくなりました。この世の中には科学で証明できないことがあるんですね。

下村　ほとんどの葬儀屋さんが「そんなことないだろう」と言うと思いますけれども、病院関係で本当に何年に一回ぐらいのレベルであるんですよ。でももちろん人体ですし、その死の定義っていうのは、人間が勝手にするだけで神様も決めてないんですよ。そのかわりに亡くなったら二十四時間以内は火葬しちゃダメだよという法律もあるわけですね。

——葬儀のあり方に変化が生まれてきていると聞きます。

大森　以前であれば大きくお店を構えている葬儀屋さんに依頼する。いまは霊安室からスマホで探す時代なんですね。葬儀社もいろいろありまして、弊社はわりと低価格の小規模なお葬式を得意としている会社なので、お通夜や告別式が丸々ないお葬式もあります。「直葬」という言葉もありますけど、つまり火葬のみのもの、それが半分ぐらいの件数を占めているんですね。お客様もお葬式はしたいんです。ただ、自分たちが生きていくための生活費が苦しいというのが会話からわかるんです。それなら無理せずに火葬のみのプランにしましょうと提案するのですが、お客様は申し訳なさそうな顔をされるんです。「葬儀屋さんにとってはこんなに安くてすみません」とおっしゃるので、「いいんですよ、送る気持ちですよね。規模ではないんですよ」とお伝えしています。

下村　例えば、その地域の勢いなどもありますよね。みんながすごく稼いでいるという地域の人ってお葬式にもお金をかけますから。

——「死」と近い仕事ですが怖さなどはないのでしょうか?

大森　めちゃくちゃ怖いですね。恥ずかしいんですけど、僕はビビりなんですよ。

尾崎　だいたい葬儀屋さんはビビりなんですよ。僕も飛び降り自殺のご遺体のとき、遺体にかかっていた毛布が取れなくて、「毛布が上がらない」って焦っていたら、社員に「社長、毛布踏んでます」と言われて（笑）。

下村　自分で（笑）。

尾崎　動揺してたの。そのくらいビビりなんですよ。

――業界に入る人たちが直面する厳しい現実もあるそうですね。

大森　面接に来た方の志望の動機を聞くと、「父のときにお世話になって」「担当者さんがテキパキと全部やってくれて」「司会の姿が格好よくて」という話はけっこうあるんですが、そういう方って割と辞めるんですよね、早い段階で。その人たちは輝くところだけを見ていて、もちろん実際葬儀はそこがいちばん輝くとこではあるんですけど、ただそこだけを見て憧れてしまうと入った後に全然違うことを知ることになります。要するに、病院で亡くなる以外は全部変死扱いなので、警察から現場に呼ばれて行くと、いろいろな状態の遺体に直面します。水死、焼死、電車への飛び込み、首吊り……さまざまあってもう壮絶です。そこに新人でいきなり行くわけです。だいたい入社して一週間以内に辞める人が多いですね。中には遺体に触れるのが無理という人も。「触ると思ってませんでした」とまで言われたことがあったほどで、やっぱり光が強ければ強いほど暗いところはより深くなるのかな、と。

下村　火葬場も同じです。入社して一週間もしないぐらいで辞められる方がすごく多いんですよね。コツとしては最初に火葬しているところを見せることですね。それを最初にやっておいて、大丈夫だったら続くし、無理だったらやめるし。それは大森さんの話と似ていると思います。葬儀業界全体そうじゃないですかね。

――故人に寄り添い、遺族を支えるお仕事ですが、常に葛藤もあるとうかがいました。

尾崎　我々も常に考えて向きあっているのに、「あのときああすればよかった」と思うことはあります。百パーセント完璧なお葬式って今まで僕はしたことがないと思うんです。亡くならないことが家族にとっていちばんいいことだと思うのですが、やっぱり「ありがとうの向こう側」を見させてもらったときというのが、このお葬式でよかったのかなって自分で納得できる瞬間ですね。そこまで言われたら、ご遺族に少しでも役に立つことができたのかなって。

タクシー業界

依頼されればその場所へ迎えにゆき、指定されたところに送り届ける。客と運転手だけの空間は、危険と隣りあわせでもある。だが、相手が客だと名乗る限りは、乗車を拒否することなどできない。たとえ、人ならざる存在だと気づいてしまったとしても。アプリ化の波がタクシー業界にも押し寄せ、客たちとの一期一会に変化が生まれている。

幽霊からの配車依頼

高山吉政《たかやまよしまさ》さん（仮名・タクシー運転手）

面白いから、という理由だけで誰の得にもならないことをする人は、いつの時代も必ず存在する。

たとえば、乗車するつもりのないタクシーを呼びだすとか。

迎車の依頼が入って向かった先で、待てど暮らせど誰もこない。それどころか、指定された住所に家はおろか建物一つ見当たらない。住宅街だからと安心していたら、寺も隣接していないような小さな墓地だった、なんてこともある。

いったい、何が楽しいのだろうと思う。

依頼が入れば、私たちは言われたとおりに向かうしかない。明らかにいたずらだったとわかっても、遅れてくるかもしれないからと、その場でしばし待つしかない。右往左往する私たちの様子を陰で見て笑っているというわけでもなさそうなのが、いっそう不可解だった。

おそらく、呼びだしの電話をかけたときが気持ちのピークなのだろう。その後の私たちがどうなろうと彼らは興味がない。稼ぎどきを逃して、日々の稼ぎが大幅に減ってしまったとしても、自分たちのせいだなんて思わない。

タクシー会社が配車を担っているときはよかった。公衆電話からの依頼は警戒しながらやりとりできるし、そうでなければ、何度もいたずらが続いた電話番号はブラックリストに登録すればいいだけの話だ。

けれど、音声の自動案内が導入され、近くにいるタクシーが自動で配車されるようになってから、肩透かしを食らう依頼が格段に増えた。配車アプリが普及した近頃では、ますますそれが避けられなくなった。

ただ――。

時折、いたずらでは済まされないような、奇怪な体験談も耳にする。

都内のとある霊園、廃屋、特定の地区……。所属会社を越えて、運転手たちが口々に噂する、やばい場所というのが、存在するのだ。

その日、呼びだされたのは都心のはずれ、大きな池のある公園だった。

午後九時を少しまわったくらいだっただろうか。いわゆるかき入れどきよりはすこし早い。夕食後に一休みして、いよいよこれから忙しくなるぞというときだ。そこへ、アプリから迎車の依頼が入った。

なじみのない土地だったが、私の心は弾んでいた。なにせ行き先は千葉の房総半島にある総合病院だ。高速道路に乗ったとしても、三万から四万円の売り上げになることは確実の距離と時間である。

こんな時間から移動するということは、ひょっとしてお身内に不幸があったのかもしれず、不謹慎だと自覚しつつも、浮かれる心は止められなかった。

ところが、指定された場所に到着すると、客とおぼしき人はひとりもいない。夜の公園は静まりかえっていて、散歩する人影すら見当たらなかった。

——やられたか。

落胆しつつも一縷《いちる》の望みを捨てきれず、私は運転席に沈み込んだ。めったにない高額収入の依頼が夢だったとは思いたくなかったのだ。

だが五分待ち、十分待ち、十五分経っても誰かがやってくる気配はない。私はため息をついて車を降り、会社に電話をかけることにした。キャンセルするしかないことを報告するためだ。

都心に戻って稼ぎ直すか。そう思って、再び運転席のドアを開けて――。

バックミラーに映しだされた後部座席に、見知らぬ女性が座っていた。

息を呑んだ。

――いつのまに。

おそるおそる、私は尋ねた。

「こんばんは。ご用命の方でしょうか？」

ドアを開け閉めする音なんて、聞こえなかったはずだ。車を離れていたといっても、十メートルもなかったはずなのに。

電話の邪魔をしないように気を遣ったのかもしれないが、それにしたって、何も言わずに勝手に乗り込むなんて、ずいぶん変わった人のようだ……。

あれこれ考えを巡らせながら、警戒心で私の身体は自然とこわばった。

「お呼びだしいただいた方ですか？」

重ねて問うと、女性は小さくうなずいた。

気味の悪さと、長距離走行が戻ってきたうれしさとで、私の心は複雑だった。

とはいえ、依頼されたのなら、言われたとおりに走るのみである。

「千葉のB総合病院ですよね。ご希望のルートはございますでしょうか」

「……アクアラインを通って、木更津《きさらづ》方面からまわってください」

か細い声ではあったものの、返答があったことにほっとした。

「わかりました。では、安全運転でまいりますので、どうぞよろしくお願いいたします」

女性はまた小さくうなずいた。

物静かな人だった。じいっと何かを考え込んでいるような気配が背中から漂っていて、世間話をするような隙もなかった。

やはり、お身内に何かあったのだろうか。であれば、なるべく早く送り届けたほうがいいだろう。法定速度を守りつつも、気持ち急ぎめで車を走らせた。

一時間ほど、経った頃だろうか。

「すみません、ここを左にまがって山のほうから行っていただいたほうが近いような気がするんですけど」

不意に声をかけられた。

すでに千葉県に入り、ナビなしでは道を把握できなくなっていた。そんな私に反論などできるはずもない。私が進もうとしていたのは有料道路だったため、できるだけ一般道を使ってほしいのかもしれない。

「かしこまりました。このあたりの道に詳しくないため、ご案内をお願いすることもあるかと思いますが、よろしいですか」

女性はうなずいた、ように見えた。

私は方向を変え、指示どおり山に踏み入った。あたりはどんどん真っ暗になっていった。人けがないのはもちろんのこと、周囲には街灯すら見当たらず、車のヘッドライトだけを頼りに先へ進む。

本当に大丈夫なのだろうかと、不安が募ってきたときだった。

「申し訳ないんですけれど、お手洗いに行きたくなってしまって。そのあたりで止めていただけますか」

女性がおずおずと申し出た。

「山を抜ければ、コンビニがあるかもしれませんよ。もう少しスピードをあげましょうか」

「いえ……ちょっと我慢できそうになくて。恥ずかしいんですけど、このあたりでお願いします」

そこまで言われては、従わないわけにはいかない。

端に寄せて車を止めると、念のためヘッドライトも消した。女性の御不浄を照らしだすようなことがあってはならないと思ったからだ。

「足もとに気をつけてくださいね。お戻りになりましたら、窓を叩いていただければドアを開けますから」

女性はうなずいて、外に出た。

それから、おおよそ五分。彼女が戻る気配はなかった。恥ずかしさのあまり、遠くへ行ってしまったのだろうか。しかし、こんな闇が闇を呑み込むような真っ暗な場所で、それも考えにくい。かといって、捜しまわって、あられもない姿の彼女に遭遇してもいけない。

そわそわしながら待機して、さらに五分。私は意を決して車を降りた。

ライトを消したせいで、車を見失ってしまったのかもしれない。あるいは、山中に潜むよからぬ輩《やから》に出会ってしまったのかも。

「お客様、お客様、いらっしゃいますか！」

声を張り上げたが、返事はなかった。

「お客様、大丈夫ですか、聞こえたらお返事してください！」

ただ、私の声だけが、あたりにこだまする。

しかたなく、運転席に戻った。

もしかして、新手の乗り逃げだったのだろうか。この近くに仲間の車が潜んでいて、彼女はとっくに立ち去ってしまったのかも。いや――それにしてはどこからもエンジン音など聞こえなかった。これほど静まりかえった、葉っぱ一枚踏む音すら響きわたりそうな場所で、そんなことがありえるのだろうか。

それからさらに三十分ほど待ったと思う。

落胆したり、心配したり、憤ったり。せわしなく感情が乱されたのち、やがて諦めに達した。

――戻ろう。

メーターを切って、ヘッドライトをつける。やっぱりあの公園で、誰もいなかったときにさっさと帰っておくべきだったのだ。欲を出したばかりに、盛大な無駄足を踏むこととなってしまった。むなしさに支配されながら、来た道を戻る。

ところが。

山を抜けるより手前で、男の人が手を挙げているのが目に入った。

――こんな場所で、いったい、なぜ。

酔っぱらって、迷いこみでもしたのだろうか。私は眉間にしわを寄せながら、車の速度をゆるめた。そして、回送と表示されているはずのランプを指さす。

いじわるをしているわけではなかった。タクシー運転手にはそれぞれ営業区域というのが定められていて、私は都内の決まった地域からしか、客を乗せることはできない。区域外まで運ぶことはできても、都内に戻る途中で新しい客を得ることはできないのだ。

だが、窓ガラス越しにも聞こえるくらい、大きな声で男は叫んだ。

「止めてください！」

言われたとおりに止めたのは、もしかしたら先ほどの女性が山中で倒れるか何かしたのを、彼が見つけたのかもしれないと思ったからだ。

けれど、窓を少しだけさげて様子をうかがっても、男は、

「止めてください。乗せてください」

としか言わない。

「申し訳ない。規則でお乗せできないんですよ。これは東京の車なので」

私が首を横に振ると、男は口を一文字に結んだ。

不服そうではあったが、諦めてくれたのだと理解して、私はそのまま走り去った。

その、直後。背後から、ぬうっと何かが忍び寄る気配がした。

「止めてください」

「ひっ」

「来た道を、戻ってください」

突然、耳もとで男の声がした。私の顔の真横で。

ひっつきそうな距離に、表情のない男の顔がある。


「来た道を戻ってください」

「来た道を戻ってください」

「来た道を戻ってください」


呪詛のようにつぶやき続ける男に、悲鳴をあげないようにするのが精いっぱいだった。

来た道って。東京？　それとも、山の中？

山の出口に近づくにつれ、男の声はどんどん、野太く地を這うような音に変わっていく。ということは、つまり。

「わ、わかりました。戻ります」

震える声でそう言うと、私はUターンしてアクセルを踏んだ。

男は黙った。しかし、私の顔を覗き込むようにして、見張るようにして、いっこうに消えてはくれない。

やがて、先ほど女性が降りた場所に近づくと、

「ここで止めてください」

再び、男が言った。


「ここで止めてください」

「ここで止めてください」

「ここで止めてください」


重なる声にめまいがしそうになりながら、私はブレーキを踏んだ。

その刹那。

男の顔が、女性のものに変わった。

東京から乗せてきた、さっきのお客さんと同じ顔に。

「ここで止まっていてください」

女性の顔で、女性の声で、その人は言った。

「ここでずぅーーーーーーーっと止まっていてください……止まっていてくださ
い……」

ルームミラー越しに女性の目が私をとらえていた。口元はかすかに微笑むように口角が上がっているのに、目は大きく見開かれ、私を凝視し続けている。まばたきもせず、まるで、私を二度とここから離さないとばかりに、強い執念をその視線から放ちながら。

その異様さに、たまらなくなってとうとう私は手をあわせた。

「申し訳ございません、それはできません。どういういきさつか存じませんが、ご要望にはお答えできません。ですが必ず、必ず改めてご供養させていただきますので。どうぞこの場はおおさめください。申し訳ございません、申し訳ございません、申し訳ございません……！」

叫んでいたのか、つぶやいていたのか。

ちゃんと声に出して言葉にできていたのかどうかさえ、わからない。

必死で両手をすりあわせていると、女性の顔が私から離れた。すうっと後部座席に身を引き、闇夜に溶けこむように消えていく。

その瞬間、私は車を発進させていた。

今度こそ来た道——東京に続く道へと戻っていく。

額から瞼《まぶた》に汗が流れ落ちたけれど、ぬぐう余裕もなかった。

とにかく帰らなければ、ここから立ち去らなければと、それだけで頭がいっぱいだった。


後から聞いたところによると。

そもそも私が呼びだされた公園は、その手の場所として有名だったらしい。

近頃では誰も近寄らなくなって、体験談も少なくなっていたけれど、私と似たような経験をしたという人の話は、かつて幾度となく流れていたのだと。

公園内のあの池で女性はみずから飛びこみ、命を断とうとしたということだった。

発見され、救急車で搬送されて、でもその晩は都内のどこにも受け入れてくれる病院がなくて。しかたなく千葉の病院に向かう途中で、命を落としたらしい。

それが、ちょうど私が女性を降ろした、あの山中のあたりだったのだ。


後日、私は自家用車を走らせて、再び山中に向かった。

約束どおり女性のために花を手向けて、その場でじっと手をあわせる。

どうぞ、心穏やかにお過ごしください。

祈りをささげた後、私は誰ともなく宙にこう告げた。

「さあ、参りましょうか」

向かった先は千葉の総合病院だ。

後部座席に誰かの気配がした、なんてことはとくにない。

それでももしかしたら、彼女はようやく安らかな場所にたどりつけたかもしれないと、そう思うことにしている。

過去からの叫び

高山吉政さん（仮名・タクシー運転手）

この数十年で、東京はずいぶんと様変わりして、どこもかしこもきれいに整えられた。

高層マンションが立ち並び、海外からの観光客も訪れて賑《にぎ》わいを見せる人気の湾岸エリアが、かつてはタクシー強盗が多いことで有名な場所だったということを、覚えている人はいったいどれだけいるだろう。ほんの二、三十年前は倉庫街だったそのエリアで闇取引が盛んに行われ、都内でも屈指の治安の悪さだったことを、住人たちは知っているのだろうか。

いまや、住みたい街ランキングの上位に名を連ねた地域のマンションの高層階を購入することが、まるで勝者の証しであるかのように語られている。巨大な商業施設のまわりで子どもたちが無邪気に遊んでいる姿を見ていると、ときどき、自分が異次元に迷いこんだような気持ちになってしまう。

あの頃は、運転手が寄りつきたがらないだけでなく、親会社が「行けと言われたら乗車拒否してもいい」とすら注意を促していたほどの危険区域だった。

過去は塗りつぶされていくものなのだと、私はその光景を眺めながら思った。悲しみや怒りなどまるで存在しなかったかのように、美しくつくりなおされていく。

雪が、無垢《むく》な白色で、よごれた地面をすべて覆いつくしてしまうように。

目覚めたときから指先が凍てるような寒さを覚えたその日、東京ではめったにない大雪の警報が朝から発令されていた。スタッドレスタイヤでは太刀打ちできないほどの降雪予報で、朝からチェーンを装着して私は都心を巡回していた。

電車が止まる前に帰らなくてはという焦燥と、万が一にそなえて自家用車の利用を控える人が多かったからだろうか、朝からタクシーを待つ人の列は絶えず、願ったりかなったりの一日だったのを覚えている。

昼過ぎから舞いはじめた綿のような雪は、しだいに大粒のぼたん雪に変わっていった。

夕方になれば、早帰りを決めた会社員たちで賑わうだろうと、銀座《ぎんざ》・新橋《しんばし》あたりで車を流していた私の予想はあたった。数メートルごとに客が見つかって、私ははりきって彼らを自宅へと運んだ。

そのうちの何人かが、くだんの湾岸エリアに住んでいた。

深夜十二時過ぎ、こんな日にも残業だったのであろう、身なりのいい会社員を乗せたときも、行き先は湾岸エリアだった。

街灯はついているものの吹雪《ふぶき》で光はぼやけ、店という店が閉まっているため、道中は東京にしては珍しい真っ暗闇である。のろのろと雪道を走らせながら、お客さんをマンションに送り届けたときには、すっかり夜も更けきっていた。

都心に戻れば、まだタクシーを必要としている客がどこかにいるだろう。もうひとふんばりと思う一方、さすがに働きづめで疲れを感じた私は、どこかで一服することにした。

そうして選んだのが、早じまいして誰もいなくなったファミレスの駐車場だった。

車内は禁煙なので、傘をさして、停めた車の脇で火をつける。

そうまでして吸いたいのかと、嫌煙家には呆れられるだろうが、疲れたときほどそうまでして吸いたくなるものだ。携帯灰皿に灰を落としながら、私は弱まる気配のない雪にまぜて、煙をくゆらせた。

駐車場にはもう一台、タクシーが止まっていた。

ずいぶん古い型だな、と思った。私も乗っていたことはあるが、燃費は悪いし、何よりナビがついていない。いまではもう、都内では見かけることの少なくなった車だ。

ルームランプがついていないから、おそらく仮眠をとっているのだろう。

いくら暖房をつけていても、その古さでは隙間風が入るのではないか、なんてよけいな心配をしていると、ごおっ、とひときわ大きな風が吹いて、無数の雪が私の右頬を打った。

ほとんど吸い終わっていた煙草を灰皿に押しつけ、車に戻るかと傘をもちなおしたそのときだった。

「助けてくれぇ……助けてくれぇ……」

男の声が、風に乗って聞こえた。

とっさに右手、風上のほうを見やる。

しかし、その先に誰かがいる様子はなかった。吹雪で視界が悪いせいだろうかと、目を凝らして先を見つめるも、やっぱり誰もいそうにない。そもそも、こんな悪天候の深夜に人がいるとは思えない。


「……助けてくれ！　助けてくれっ!!」


今度は背後からはっきりと声が聞こえてきた。あの古いタクシーが止まっているほうからだ。まるで、身体中のエネルギーを使いきるかのような、聞いたことのない切迫した絶叫だった。

まさか、と私は慌てた。

ほとんどのタクシーにドライブレコーダーが設置されたことで、かつてのような強盗はいまでは少なくなった。だがあの古さでは、取りつけられていないということも考えられた。それを察知した強盗に、運転手は襲われてしまったのではないか。

雪に足をとられながら、私はタクシーに近づこうとした。

ごおごおとふぶき続ける風に背中を押され、転びそうになりながらも懸命に。

突風で傘がひっくりかえり、視界が一瞬遮られた。それでも、傘を捨てて前を向いたそのとき。

タクシーが消えていた。

さっきまで停車していたはずの車がどこにも見当たらない。

——そんな、ばかな。

発車した、なんてことは当然ない。だが、タクシーが止まっていた位置にたどりつくと、停車していたような痕跡すら見当たらなかった。その場所には、はじめからいなかったかのように、雪が降り積もっていた。

——どういう……ことだ。

幽霊を乗車させた、というのはよくある話だ。だが、助けを求める声とタクシーだけが目撃されるだなんて、聞いたことがない。

キツネにつままれたような心地で、私はその場に膝《ひざ》をついた。

その瞬間。

見たことのない景色が頭の中に流れ込んできた。

おそらくは、いま私が立っているこの場所だ。しかし、まだファミレスは存在せず、だだっ広い空き地が広がるばかりである。

不安そうに、運転手は客に指示されるがままに車を止めた。そうしてメーターを切った瞬間、客である男の目が獰猛《どうもう》に光った。

手にしていたのは出刃包丁だ。

男は身を乗りだすようにして、その鋭い切っ先で運転手の心臓に近い部分を思いきり突き刺した。

運転手の目が見開かれる。包丁が抜かれた瞬間、血が噴きだして、運転手が悲鳴をあげた。さらに追撃がくる前に、必死に車外へ飛びだした運転手は、見るからに立つことすら困難とわかる重傷を負っているにもかかわらず、なんとか生きのびようと、一歩、二歩と車から離れようとした。運転手の足元には、みるみる血だまりができていく。そのうしろを、男が追う。

「……助けてくれぇ！」

叫ぶ運転手の背中に、男は容赦なく包丁を突き刺した。何度も、何度も、何度も。

ついに運転手は動かなくなった。

男は眉一つ動かさず、冷淡に運転手の姿を見降ろすと、抜いた包丁を地面に放って、血まみれになった運転席に乗り込んだ。タクシーは走り去り、後には動かなくなった運転手だけが残された。

運転手の顎《あご》がかすかに動いた。

瞳がぎょろりとまわって、上空を見上げる。いまでは都心で拝めなくなった満天の星が、頭上でまばゆく光り輝いている。

それがおそらく、彼が見た最期の景色だった。

――なんて、むごい。

はっと我にかえったときには、私の全身を大雪が打ちつけていた。

何が起きたのかとっさには理解しなかったが、おそらくすべて現実に起きたことなのだろうと、直感的に理解した。過去に、この場所で。

当時、タクシー強盗は珍しい話ではなかった。

よく聞いたのは細い道に誘い込む手口だ。客は左側のドアから乗り降りする。その隙間を確保するため、運転手は限界ギリギリまで右側に車を寄せる。その結果、運転席のドアは開かなくなり、逃げ場のなくなった運転手の首元にカッターナイフを突きつけ、有り金を全部奪って逃走するというものだ。

――だがこれは。いま私が見た景色は。

バブル期でタクシーが潤っていたといっても、せいぜい車内に保管している金は十万円かそこらだろう。どんなに疲れても稼ぎどきだからと身体に鞭《むち》を打って、必死に働いていた男に対する仕打ちが、それか。

どんな状況でも客の指示通りに動くほかないのはタクシー運転手の宿命だ。とはいえ、あまりにもひどすぎる。その無念が、運転手の魂をいまなおここに漂わせているのだろう。悲痛な助けを求め続けているのだろう。

私は、手をあわせて南無阿弥陀仏と唱えた。

——何もできなくて、申し訳ない。つらかったな。よく頑張ったな。

何の意味もないかもしれないけれど、それでも、頭を下げずにはいられなかった。

それから都心に戻る途中で、またひとりの客を乗せた。

ルームミラー越しに客の姿を認めると、「吉祥寺《きちじょうじ》まで行ってください」と、客は行き先を告げ、私は車を走らせはじめた。それから客は車窓の風景に視線を向ける。私もただ静かにハンドルを握った。

「運転手さん」

一、二分くらい経っただろうか。客が穏やかな声で呼びかけてきた。

「はい」

私もまた、同じトーンで応答する。

「……ありがとうな」

そう告げて、彼は安心したように後部座席に沈み込む。

その客が、先ほど吹雪の中で見た運転手だということは、顔を見たときからわかっていた。

私は静かにうなずいた。やがて、彼の姿が見えなくなってからも、おそらく彼の自宅があったのであろう帰りたかった街まで、黙って雪に覆われた道を走り続けた。

タクシー業界編

集まったのはタクシードライバーのプロフェッショナルたち。バーテンダーから転職した伊藤《いとう》浩二《こうじ》さん（仮名）。ベテランドライバーでたびたび心霊的な現象に遭遇している大野太一《おおのたいち》さん（仮名）。大手法人タクシー会社で勤めていた高山吉政さん。

——大野さんは配車アプリで不思議な体験があるとか。

大野　アプリから依頼を受けると、目的地の地図などが全部車内のタブレットに出るんです。目的地へ迎えに行ったところ、しばらくしたら年配の女性が家の中から出てこられたので、「アプリでタクシーをお呼びいただいたのでお迎えにまいりました」と伝えたんです。するとその女性が「えっ、私はタクシーを呼ぶときは電話で呼んでいますよ。アプリでは呼びません」とおっしゃるのです。「でもこちらをご確認ください」と言って車内を見てもらったら、女性が急に青ざめた顔をされて、亡くなられたという娘さんのスマホを家の中から持ってこられたんです。どうやら、そのスマホから呼ばれたみたいなんですね。考えられないような話なんですが、日頃、その娘さんはアプリでタクシーを呼んでいたらしいのです。

——タクシー業界には、一般人にはあまり知られていない〝ルール〟があるそうですね。

伊藤　タクシードライバーというのは、営業区域っていうのが定められています。例えば僕の場合ですと特別区・武三地区って言われている23区・武蔵野《むさしの》市・三鷹《みたか》市の範囲での営業権が認められているタクシードライバーです。この営業圏内でお客様にご乗車いただくことは可能です。この営業圏内から営業圏外にお送りすることも可能です。基本的には乗車地もしくは降車地が営業圏内に入っていなきゃいけないというルールがあります。ただちょっと勘違いをされている方がおられて、例えば横浜《よこはま》にお送りしてから圏内の東京に「回送」表示をして戻る途中に川崎《かわさき》があるわけですが、じゃあ戻るんだから川崎まで乗せてくれてもいいじゃない、という誤解をされるケースもあります。

高山　タクシーってドアにいちばん近い方からお乗せしなくてはならないというルールがあるんです。先に手をあげていたのに手前に出てひゅっと手をあげられたら、そちらの方をお乗せしなきゃいけないんですよ。アイコンタクトをしていようが何をしようが、手前で手をあげられた方を通り過ぎたら乗車拒否になっちゃうんですよね。客の存在に気がついたら必ず乗せなくちゃいけないというルールがあるのです。

──大野さんは、いつの間にか乗車していた「何者か」に遭遇したことがあるそうですね。

大野　都内の霊園の道路脇を走っているときに、ネコらしきものがパッと車の前に飛びだしてきて、ブレーキを踏みました。常備しているライトで車の下を見ても撥ねた形跡はなくて、安心して気を取り直してまた車を走らせました。近くの大通りに入ったとき、五～六歳の娘さんの手を引いた女性のお客様が手をあげていたのでお乗せしました。でもなぜか娘さんは目線をずっと前の席に向けていて。もちろん助手席には誰もいないので、なんだろうと思って、そのままやり過ごしていました。目的地に着いて精算が終わっても、娘さんは降りようとせず、「ねえママ、運転手さんの隣の女の子はなぜ降りないの」と言うのです。お母さんは「早くいいから降りなさい」と言って娘さんも降りたんですが、お母さんの手を振り払って、助手席の窓ガラスに顔を近づけて手を振ってくるんです。「うわ、助手席に女の子がいるんだ。ひょっとしたらあのときに乗り込まれたのかな」と思い至ったんです。さっきの霊園から乗り込んでいたのかなと……。

──事件や事故があった場所は、とくに気をつけるそうですね。

伊藤　実際に体験した話です。港区内からお客様二人にご乗車いただいて、ひとりが三十代男性でもうひとりの方がフランスの方だったんです。うしろでそれまで普通に楽しく会話をしていたんですけども、とある家の前を通ったときに「ここなんか怖い」って言いだしたんですよ。それを聞いた瞬間に「あ、そういえばここ凄惨な事件があった場所だ」って思い出して。フランスの方なので当然そんなことがあったと知らないはずなのに、と思って、鳥肌が立ったことがあります。

大野　やはり場所によって生じる心霊現象といいますか、それはあると思います。そこで手があがった場合は絶対乗せるなと、それは乗車拒否でもなんでもいいからと、そう言い伝えられている場所が実は東京の郊外にあります。三人くらい先輩が経験してるんですが、その人は火葬場までと言われるそうです。必ず白い服を着ていて、手にはポーチを持っている。同じ人物なんですね。そこでは絶対に乗せるな、行くな、遠回りしてでも

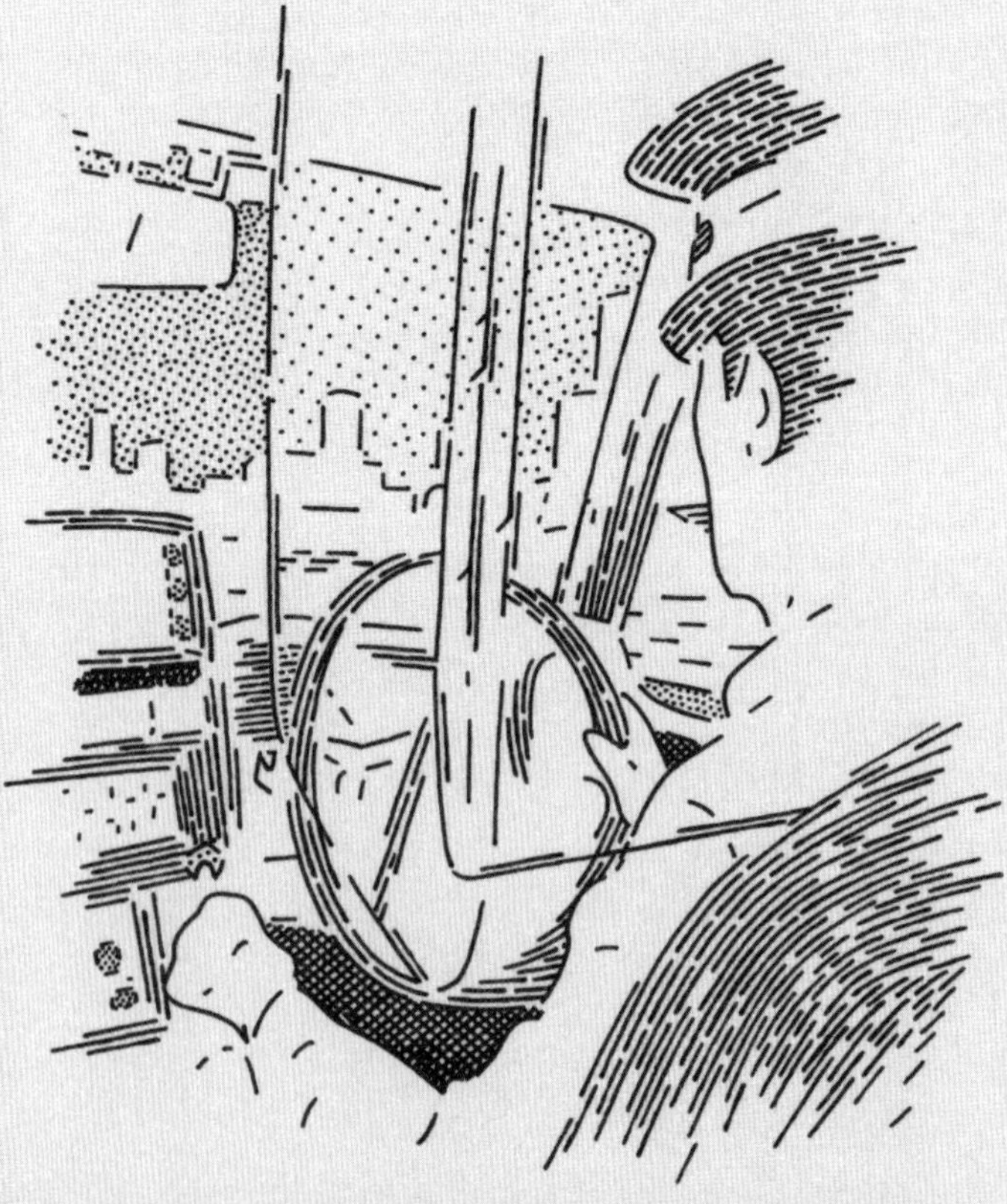

帰ってこい、ということは聞いたことはあります。先輩がそこから女性を乗せて走らせていたら、「運転手さん」と声がかかってうしろを振り向いたらもういない。ちょっと床が湿って濡れていて、髪の毛の抜けた束が座席に落ちていたと……。

——さまざまな体験をしてしまうのは、タクシードライバーならではのことなのでしょうか?

高山　タクシーに乗ることを日頃の習慣としていた方は、お亡くなりになっても、いままでの生きてきたルーティンの一つとして、ふとタクシーに乗ってしまうということがあるのではないかと感じるときがあります。手をあげられたらもうお化けさんでも乗せますが、ただメーターだけは入れないようにしてますけどね。

大野　高山さんの場合は霊感で先に察知してわかるから、絶対にメーターは入れないんですね。

高山　メーターは「空車」なので、手をあげている次のお客さんをスルーしちゃうと乗車拒否になりますので。お化けさん乗ってても乗せちゃいます。

伊藤　相乗りになっちゃいますね（笑）。

高山　はい、相乗りで。まさかお化けさんが先に乗っているとは、手をあげられた方は思ってもいないかもしれないですけどね（笑）。

大野　私が思うには、たぶん移動する手段としてタクシーを頼ってくるのは、成仏しきれず家族のもとへ帰りたい、そういう霊の方が頼ってきてるんじゃないかなと思うんですね。

——タクシードライバーを続けられる理由とは?

大野　タクシーの車内って人生の縮図っていうんですかね、その限られた空間の中でのひとときの安らぎ、そのお客さんの心に寄り添うっていうんですかね。本来それが接客業たるタクシーの所以《ゆえん》じゃないかなと思うんです。私はそういうのが全然苦じゃないので、お客様にはほんのひとときの五分、十分であったとしても、降りるときに「ああ気持ちよく乗れた。助かった」ありがとう運転手さん。」って言ってもらえるのはすごくありがたいなと思っています。

登山業界

ときに登山者を案内し、ときに休息の場として山小屋を提供し、ときに遭難者の捜索・救助にあたる。多様な山にまつわる仕事では、不幸にも山で命を落とした登山者と向きあう局面も。古くから日本人は山を信仰の対象として祀り、敬ってきた。ネットやスマホの普及で山が身近になった一方、その敬意がゆらぎつつあるいま、そこに現れるのは——。

彼岸に現れた男

松浦一郎《まつうらいちろう》さん（仮名・山小屋経営）

母が亡くなった。まだ五十代半ばという若さだった。長男らしい親孝行なんて一つもしてやれなかった。その後悔から、僕は一年間、毎日母のためにお経をあげようと決めた。といっても、仏壇の前で、ではない。僕が暮らす山小屋の中でだ。

海沿いの街に生まれた僕は、昔からなぜか山に惹《ひ》かれていた。大学では登山部に入り、その影響で弟も山に夢中になった。卒業後は一般企業に就職したけれど都会の生活になじめず、山に入った。

山小屋を営む先代の主人に出会い、引き継いでから数年が経つ。ろくに実家にも帰らないまま、母とは二度と会えなくなってしまった。だからせめて、信心深かった母のために、一年間欠かさずお経をあげようと思ったのだ。

それからだ。不思議なことが起きはじめたのは。

ある晩、深夜に目が覚めた。尿意をもよおしただけのことで、それ自体はたいしたことではない。小屋の外に出ると、ひんやりとした空気が肌を刺し、霧がかかる暗闇に視界をさえぎられながら、僕は手洗い場に行った。用を足し、寒さに身を縮めながら小屋に戻ると、片隅にひとりの女性が立っているのが見えたのだ。

ぎょっとした。

見間違いかと思って瞬きをくりかえすが、確かに彼女はそこにいる。

こんな真夜中の人けのない山小屋にたたずむ女性など、ただならぬ存在でしかない。こちらが気づいたことを悟られないようにしながらやりすごし、奥の寝室にひっこむと、布団を頭からかぶった。眠ればすぐに朝がやってくる。逃げるような気持ちだった。

だが彼女は、逃してなどくれなかった。

寝室に何かが入ってくる気配がした。同時に、布団の上に、重たいとも軽いともいえない何かが乗る気配も。

いつのまにか僕の全身は硬直し、身動きをとることができない。どうにか口だけは動かすことができたから、母に唱えているのと同じお経を無心でくりかえした。

しばらくして、気配はすうっと消えた。同時に僕の身体も弛緩《しかん》し、どっと汗が流れ出た。布団の隙間から時計を見たら、十五分程度しか経っていない。けれど僕には、永遠とも思えるような時間だった。

翌朝、アルバイトの女の子に昨夜の顚末《てんまつ》を話した。

「まいっちゃったよ。僕、そういう勘はないと思ってたからさ」

「私、知ってましたよ。あそこに女の人がいるの」

彼女は薄く笑って、昨夜、僕が彼女を見かけた小屋の隅を指さした。

「松浦さん、いつも小屋の裏手にあるお墓を供養しているでしょう」

先代から引き継いだ無縁仏の墓のことだ。

僕が山小屋で働くようになるよりもずっと前、この近くで二十歳くらいの女性が転落死した。警察が検死し、調査もしたけれど、身元がわからなかったためこの地に埋めるしかなかったのだと、先代は言っていた。昭和四十年代の話だ。いまよりも、いろいろなことがおおらかでもあったのだろう。

先代はお盆になるとわざわざ祭壇をつくって供養していた。山小屋を引き継ぐとき、「あれも頼むぞ」と言われた僕も、毎年同じようにしていた。

「たぶんあの子も、このあたりで亡くなったんだと思います。それなのに松浦さんが裏手の人ばかり構うから、嫉妬しているんですよ」

思い当たることが一つだけあった。

これもまた、先代から聞いた話だ。

ここから少し離れた岳で、やはり転落した女の子がこの小屋に運ばれてきたことがあった。だが、救助がやってくる前の明け方の四時頃、痛い痛いと言いながら亡くなってしまったのだという。

もしかするとその女の子なのかもしれない。ただ、彼女の亡骸《なきがら》は、ここに眠っているわけではないのだが。

「そういえば、送り火は明日だったな」

お盆のあいだ、つかのま帰ってきた死者の魂を、ふたたびあの世へと送りだすための儀式だ。僕は急遽《きゅうきょ》、祭壇をもう一つしつらえて、供物も増やした。その晩以降、あの女の子が僕の前に現れることは二度となかった。

それが人生で初めて遭遇した、幽霊らしきもの。

さほど怖いとは思わなかった。礼節をもって接すれば、彼女たちが悪さをすることはない。この地で亡くなった魂に寄り添うのも、山小屋の主人としての務めなのだと、そう思っていた。だが――。

その認識が甘かったということを、翌月、思い知ることになる。


ちょうど、お彼岸の頃だった。

久しぶりに麓の自宅で過ごそうと山をくだることにしたのだが、その日に限ってひどい濃霧で、十メートル先もろくに見えない。心して歩かないと、僕が遭難者か転落者になってしまうと気を引き締めたとき、突然、霧から浮かび上がるようにして、男の人が目の前に現れた。

青いチェックのカッターシャツにジーンズを身にまとい、小さなデイバッグを一つだけ持った若い男だった。

キノコ狩りかな、と真っ先に思った。ずいぶん軽装だけど大丈夫なのだろうか、とも。

「いま、何時ですか」

彼は無表情で、僕のほうをろくに見ようともせず、ぶっきらぼうに尋ねた。

「五時十五分です。はやく下りないと、日が暮れて危ないですよ」

腕時計を確認して答えた僕に、彼はうんともすんとも言わず、そのまますうっと脇を通り過ぎていった。

自分から尋ねおいて変なやつだな、危ないと言っているのに。

そう思って振りかえったものの、もうどこにもいない。この濃い霧に呑まれてしまったのだろうか、いや、でもその先の樹は見えているのに。首を傾《かし》げつつも、僕は気にせず歩を進めることにした。そこからは急な下り坂で、人の心配をしている場合ではなかった。

ところがそれからほどなくして、妙な気配を背後に感じた。氷水をかけられて背筋が粟立つような、なんとも言えない、ざらりとした気配。

あまりの気持ち悪さに振り向くと、

「ぎゃあ！」

自分でも聞いたことのない大きな声が出た。

僕の左肩に、あの男の顔が載っていたのだ。血の気のない肌に、空虚な穴のような目が二つ浮かび、僕をじいっと見つめている。

考えるより先に駆けだしていた。

そのときはまだ三十代後半と、若かったからできたのだと思う。足を滑らせそうになりながらも、必死でふんばり、経験で培った勘をたよりに、安全な足場を選んで全速力で下り坂を走った。

五分くらい走り続けただろうか。もうここまでくれば大丈夫だろう。僕は速度をゆるめた。けれど、息を整えようとしている僕の視界の端に飛び込んできたのは、霧にまぎれてゆらりと立つあの男の姿だった。

悲鳴を呑み込んで、再び走る。

すると、僕の左側を並走するように男もまた、樹々の合間を縫って移動してくる。その動きがまた妙だった。でこぼこ道の下り坂にもかかわらず、身体を上下に振動させることなく、一定の速度でただすうっとすべるように移動しているのだ。

――これは、まずい。

僕は無我夢中でお経を唱えはじめた。大日如来さま、どうかその光で行き先を照らし、導いてください。そんな意味の文言を、自分のためなのか彼のためなのかはわからないまま、何度も何度も必死に、荒い呼吸の中、もつれそうになる舌を動かして。

走りながら唱え続けているうちに、気づけば霧を抜けていた。周囲を見回すと、男の姿もなくなっていた。

思わずその場に尻をついた。膝ががくがくと震え、とても立ち上がることなどできなかった。

いったいなんだったんだ。あいつはいったい、誰なんだ——。

彼の真っ黒い瞳を思い出すだけで、鳥肌が立つ。

山から逃げだしたいと思ったのは、それが初めてのことだった。


しばらくして、行方不明者を捜索するため、警察に協力して山を歩く機会があった。山小屋の主人とは別に、僕は救助隊の隊長という役目も負っていた。

そのとき一緒に行動するためにやってきた警官は、どうやら勘の鋭い人らしく、山小屋を覗き込むと、彼は小さく微笑んだ。アルバイトの女の子と同じように。

「もしかして、見えるの?」

「はい。いますよ、隊長の目の前に」

やめてくれよ、と本人がいるのに言うわけにもいかず、僕は戸惑いの表情を浮かべた。

「大丈夫ですよ。悪いものじゃないですから」

彼は、安心させるようにまた笑った。

山小屋を出発して下山している途中、僕を追ってきたあの男と出会ったあたりで、警官はとたんに険しい顔をした。

「このへん、何か事故がありましたか?」

僕はうなずいた。あの体験の後、思い出したのだ。

「遭難者が四人くらい、いっぺんに亡くなったらしいんだよね」

これもまた、先代に聞いた話だった。

五月の連休に登山したはいいけれど、季節外れの大雪が突然降り、道がわからなくなってしまった彼らは急いで引きかえそうとした……というのが、当時の警察の見立てだった。

だがときはすでに遅く、吹雪で彼らの足跡はすべてかき消されてしまった。進むことも戻ることもできないまま、ひとり、またひとりと命を落としていったのだろう、と。

「やっぱり」

彼は眉間にしわを寄せた。

「ひとり、ものすごくいやな感じがする霊がいるんですよ。たぶんあれは、自宅にまでついてきちゃうようなやつです」

「ついてくると……どうなるの」

「まあ、いいことは起きないですよね、きっと」

僕が出くわしたあの日は――お彼岸。生者と死者の境目がわずかに溶ける日。あの男はその境界を越えて、僕に憑こうとしたのかもしれない。

以来、その場所を通るときは必ず、お経を唱えるようにしている。


山小屋とは別に、僕が住んでいる麓の家は、寺の隣に建っている。そこの住職に言われたことがある。「あんた、いっぱい連れて歩いているねぇ」と。

住職は僕の背中に、何かを払い落とすように触れた。

「山でたくさんのご遺体を拾ってるだろう。感謝しているのも多いけど、中にはそうでないのもいっぱいいる。あんたにいやな気持ちを持ったやつが、背中に何人もついているよ」

これをつけておきなさい、と渡されたのは念珠だった。それをいまでは、肌身離さず身に着けている。

住職の言うとおり、僕が日々山で出会うのは、生きた登山者ばかりではない。

登山人気が高まって、若い人たちが集まるようになったのはとても喜ばしいことだけど、そのぶん、山を軽んじる人たちも増えてしまった。

以前、尖《とが》った山の頂《いただき》からスキーで滑走しようとした二十代の若者がいた。登山歴もスキー歴も二年だという彼は、あたりまえのように遭難し、救助隊が出動する事態となった。

こういう話題で槍玉にあがるのはたいてい若者だが、年齢を重ねていても無謀と勇気をはき違えている人間は少なくない。登山に慣れた人間が、チームを組んで装備を十全に確保してなお命を落としかねないような山に、中年男性がひとりで登ろうとした、なんてこともある。

「危ないよ、あなた登山歴どれくらいなの」

注意する僕に、不敵に「五十年」と答えた彼は、五十代半ばだった。そんなわけないでしょう、と切りかえすこともできないくらい呆れてしまったのを覚えている。止めても聞かずひとりで山に挑んだ結果、大腿骨《だいたいこつ》を骨折して救助された彼も、スキーで滑走しようとした二十代の若者も、ただ運がよかったのだと思う。

同じように、あっけなく滑落して命を失い、自分が死んだことにも気づかないまま山をさまよっている魂はきっと、無数に存在しているはずだ。

山はいつからか、踏破するものに変わってしまった。だが本来は、畏怖の対象なのだ。

山には神様がいる。それがただの迷信ではないことは、僕自身、身をもって実感している。たとえば、神様がいると伝わる山の頂に酒をまいて、雨乞いや晴れ乞いの儀式をすれば必ず叶う、なんてことがあった。お客さんの予約が全然入らなくて追い詰められていたとき、ためしにその場所で祈願してみたら、とたんに何十人もの予約が入ったことも。

小さな不思議は、枚挙にいとまがない。

正しい方法で謙虚に接すれば、きっと神様は私たちを守ってくれる。だが、もしそこに驕《おご》りが見えたとき。人間の預かりしらぬ禁忌に、思いがけず触れたとき――何が起きるのかは、保証できない。

あの男のように、ただそこを通ったというだけで憑いてしまう霊もきっとそこかしこにいるのだろう。さして難しい場所ではないはずなのにやたらと人が転落する、という場にもきっと、彼に似た何かがいるのだと僕は思っている。

それがどこにあるのか、いつ誰が不運に見舞われるのか。

それは山の神のみぞ知ることである。

白い足袋《たび》の女

村越利光《むらこしとしみつ》さん（仮名・山荘経営兼画家）

富士山は、八合目あたりから空気が変わる。

きっとそこは、人の住む里と神の領域がまじりあう、境界線のような場所なのだろう。八合目付近で不思議な経験をした、という人の話を時折、耳にすることがあるのだ。

「仲間と四人で、わりと難易度の高いルートを登ったときなんだけどね」

話してくれたのは、私が経営している山荘に泊まりにきた、六十代くらいの男性だった。

小屋の外に立つと、富士山の姿がよく見える。

その姿を目にすると、誰もがはっと心を奪われる。標高の高い山、見目が麗しい山はほかにいくらでもある。それなのに、私たちに何かを訴えかけるような神々しさが富士山にはあるのだ。何十年も毎日、朝から晩まで目の当たりにしている私でさえ、魅入られてしまう瞬間があるほどに。

その人――Nさんも、富士山を見て、何かを刺激されたらしかった。

ここから先は、彼が語った話である。

山頂に到達するまではとくに問題はなかった。

薄く透きとおった空気を思いきり肺に吸い込みながら、絶景を肴《さかな》に淹《い》れたてのコーヒーを飲む。至福の時間である。

だが、下山する段になって、山の様子が変わった。前を歩く仲間の背中を見失うほどに、霧が深く立ち込めはじめたのだ。

そのせいで、道を誤ってしまったらしい。

私は仲間と二人、気づけば静かで真っ白な世界に取り残されていた。

「だめだ、何も見えない」

「動かずに霧が晴れるのを待ったほうがよくないか」

「日が沈んだらどうする」

「そうしたら、救助を派遣してもらえるかもしれない。携帯電話の電波は？」

見れば、なんとか電波は受信できている。

藁をもすがる思いで、私は仲間のひとりに電話をかけてみた。何度目かのコール音ののち、ようやくつながった。

「もしもし！　もしもし！」

「ザザッ……ガッ……」

繋がったと安堵したのもつかのま、聞こえてくるのは砂嵐にでも遭っているかのようなノイズ音だけだった。ただ電波が悪いとは言い切れない、耳の奥で響きわたる耳障りな音と不穏な気配に、とっさに電話を切った。

「だめだったか？」

「ああ……うまく繋がらない。とりあえず、山頂に戻ろう」

「いや、危ないだろ」

「大丈夫だよ。来た道を登っていけばいいんだ」

聞こえてきた耳障りなノイズがいつまでもこびりついている。言いようのない薄気味悪さに、一刻も早くその場を離れたかった。

何より、周囲の空気が冷たさを増していた。一夜を過ごす装備もないまま立ち止まっていれば、霧が晴れる前に凍死してしまうかもしれない。不安そうな仲間を連れて、私はゆっくり、慎重に歩を進めた。足裏で地面の感触を確かめながら、確かに上り坂を進んでいるはずだった。

だが、五感が鈍っていたせいだろう。いっこうに山頂にたどりつく気配のないまま、私たちはますます深い霧の中に迷いこんでしまった。日暮れも迫り、焦りながら進むうち、やがて霧の向こう側が見えるようになってほっとした。おのずと歩く速度が増し、霧の先に近づくと、池が見え、私は立ち止まった。

たちまちに背筋が冷えていく。

——富士山に、池など存在しない。

そんなことは誰でも知っている。だが、目の前に広がるのは、湧き水なんてレベルではない、どこに端があるのかわからないほど広大な池だった。

「おおい、すみません！」

突然叫びだした仲間の声が、静けさの中に吸い込まれていく。何事かと思って彼を見やると、なおも焦ったように声をあげ続けている。

「誰かいますか、すみません！　助けてください！」

「おい、どうしたんだ急に」

「いまそこに人影が見えたんだ」

「え、そんな……どこに」

「ほら、そこ！」

仲間の指さすほうに進むと、私たちの視界を切り開くように霧はわずかに晴れていった。

そこに、池の前で座り込む大柄な男性の背中があった。もっともその人は、ただの大柄なんてものではなく、一般的な成人男性の一・五倍はあろうかというほどの巨漢だった。ふつうの人間とは到底思えないような体躯《たいく》だ。

「あの……」

勇気を振りしぼって声をかけるも、振り向く気配がない。ただ、大きな身体を揺らしながら、ぶつぶつと何かをつぶやいている。

「困った……困ったなあ……」

もしかすると、私たちと同じ遭難者なのかもしれないと思い、大丈夫ですよ、一緒に救助を待ちましょう、と声をかけようとしたそのとき。隣で仲間が、息を呑む音が聞こえた。

震える仲間の視線の先には、白い足袋を履いた二組の足があった。霧がうっすら晴れて現れたのは、二人の、巫女《みこ》装束を身にまとった女性がたたずむ姿だった。

「なんで、こんなところに……」

顔がよく見えないのは、霧のせいだけではないような気がした。まぶしいくらいに白くて、同時に、ほのぐらい。輝くように白い足袋が目に焼きつく。

二人の巫女は身じろぎもせず、背筋をぴんと伸ばして池の手前で私たちを見ている。そして、気づいた。大きな池に見えているそれは、もしかしたら川なのではないか、と。

彼女たちは、この男が、そして私たちが渡るのを待っているのではないか。だとすればこれは、もしかしたら三途《さんず》の——。

じり、と後じさりした私を、仲間が見てくる。

「逃げるぞ」

その声はほとんどかすれて、彼には聞こえていなかったかもしれない。だけど、言わずとも通じていた。私たちはその場から一目散に逃げだしていた。

「どれくらい走ったでしょうかねえ。いつのまにか霧は晴れて、登山道に近い岩場に出ていました」

Nさんは言った。

「汗だくになって、息を切らしていると、携帯電話が鳴ったんです。ほかの仲間からでした。『おいどうした、心配したんだぞ、電話をかけても変な音しかしないから』って、焦ったような声で言ってくる彼らの声を聞いていたら、ようやく気持ちがゆるんでねぇ」

「すぐに下山できたんですか?」

「ええ。仲間とも合流できて。それからはなんら問題なく」

あれはなんだったのかなあ、とNさんはつぶやく。

Nさんの話を聞きながら、私は十年ほど前に息子から聞いた話を思い出していた。やはり八合目付近で山をくだっていたときのことだ。

私から、さんざん山の怖さを言い含められている息子は、いくら幼い頃から登り慣れているといっても、山を歩く際に気をゆるめるということはいまでもない。

それなのに、そのときは半分眠ったような意識の朦朧《もうろう》とした状態で、気づかぬうちに歩きだしていたのだという。なぜそんなことをしたのかまったく記憶にない、と。

そこで、やはり巫女装束の女性に出会ったらしい。

唐突に、霧の中から立ち現れた彼女とすれちがうとき、ふと肩と肩とが触れあったような気がした。その瞬間、息子ははっと意識をとりもどしたのだと。

私は息子の話をNさんに伝えるつもりはなかった。ただ、同調するように言った。

「富士山は、それ自体がお社みたいなものですからね」

霊山と言われるには、それだけの理由がある。

Nさんは、うなずいた。

「山を舐《な》めているつもりはなかったけれど、改めて思い知らされました。山は、生と死の狭間。人智の及ばない何かがある場所なんだってね」

私も、うなずいた。

だからこそ私たちは、あの山に惹かれてしまう。

それは、日本人だからではない。

海外からの旅行者が、踏破する山としてはさほど難易度が高いわけでもない富士山に、目を輝かせながら足を踏み入れていくのは、きっとほかの山にはない魔力のようなものがそこにあるからだ、と私は思っている。

「入ってはならない領域に、私たちは気づかぬうちに足を踏み入れていた。無事に帰ってくることができたのは、幸運だったと思います」

Nさんの言葉は、まるで自分を戒めるようだった。

人は、安易に物語をつくりたがるものだ。

Nさんが迷い込んだあたりも、息子が意識を朦朧とさせたあたりも、調べれば何かしらのそういう現象が起こりうる事件や事故が見つかるのかもしれない。

そうやって、人はわかりやすく納得しようとする。納得するために、おもしろおかしく、エンターテインメントとして消費してしまう。そうしていつしか、本当の意味での「畏《おそ》れ」を失う。

私にはそれこそが、とてつもなく恐ろしいことのように感じられてならない。

だから私は、Nさんや息子がなぜそんな目に遭ったのか、なんてことは考えない。山を通じて見聞きした、あるいは自分で体験した話を、おもしろおかしく吹聴してまわるつもりもない。

だが時々、こうして誰かに聞いてほしくなる。

山は、富士山は、そういう場所なのだと、ただ知っていてほしいから。

集まったのは登山業界のプロフェッショナルたち。山小屋を営み、山岳救助隊長の顔も持つ松浦一郎さん。坂下良子《さかしたりょうこ》さん（仮名）は、登山ガイドとして群馬県を拠点にツアーを企画しています。村越利光さんは山梨県で山荘を営む一方、画家としても活躍しています。

――山では同じ場所でくりかえし事故が起こると耳にします。

松浦　いまは閉鎖になっていて通行止めになってる登山道があるんですよ。そこでも毎年のように同じところで落ちるんですよ、人が。閉鎖になってるのに行っちゃう人がいて、それでまた同じ場所で落ちるんですよね。

僕は亡くなったことがわかっている救助現場に行くときは、お経と念珠をいつも持参します。そこでお経を読んであげて供養するんですよ。「いいね、あなたはもう亡くなっているんだから、早くあの世へ行くんだよ」って。なんていうのかな、引導を渡してあげるとでもいうのかな。そうしないと亡くなったことがわからなくていつまでもさまよっているような、そんな感じがして。だからやっぱり何かいるんじゃないかなって思うんですよね。

――坂下さんは数年前、沢登り中に恐ろしい体験をしたとか。

坂下　早朝出発したのに、でも、お昼になっても全然到着する気配がないんですね。地図を見ながら間違ってないねって確認して、黙々と進んでいったんです。そしたらだんだん薄暗くなってきちゃって。昼から六時間は経ってるなって思って、夜になって星が出てきてかなり遅くなってしまって。それでも着かない。どうなってるんだ。本当にキツネにつままれたみたいで、同じ場所を何回も歩いてるんじゃないかっていうような一日を過ごして。それでもなんとか日をまたぐ頃には、そこを登れば林道に出るよっていう景色にたどりついたんですね。林道まで来たらあとは車に戻るだけだから、さあ車に向かうぞって歩きだしたら林道がないんですね。前にもうしろにも道がないんです。しょうがないので夜が明けるまでそこでビバーク（野営）をすることにしました。夜が明けて、なんだったんだろうって周囲を見たら、土砂崩れが起きて道路が土砂で埋もれてたんです。ただそれだけだったんですけど、そんな六時間ぐらいしかかからない道をどうして十数時間もかかったのかが本当にわからなくて。なんでだろうっていまだに語り草になっている不思議な体験です。

――命の危険が伴う山の世界では、近年、遭難事故が増えているそうですね。

村越　そうだね。最近は海外の人がけっこう来るんですが、例えば東京から京都へ遊びに行くついでに山も登ってみようか、みたいなノリでね。夕方の六時ぐらいに上に着いてそのままスマホの明かりだけで下山しちゃうこともあって。いまのところはまだ大きな事故になってないけど、おそらくそのうち事故が起こると思いますね。

坂下　サンダルに短パン姿の人や、タンクトップ姿の人を見たときに、どこまで行くのかと思って尋ねたんです。そうしたら「山頂へ行くんだ」って言ってびっくりしました。

――それは富士山ですか？

坂下　富士山ですね。

松浦　登山の基本などがいまはなくなってしまっている状態で、ろくな装備もせずに難しい山に行ってしまうんですよね。だから、ちょっと天気が悪くなればすぐに遭難しちゃうんですよ。状況を考えれば当たり前なんですけど、でもスマホさえあれば助かると思っているらしくて……困ったなって思って。

――松浦さんは、「山には神がいるのでは」という不思議な体験をしたそうですね。

松浦　檜峯《ひみね》神社というのが山奥にあるんですよ。すごく歴史が古い神社で、その脇の斜面が崩れてしまったんですね。あっと思って下を覗いたら、丸い物が斜面に引っかかっていて、なんだか昔の鏡みたいだったんです。専門家に聞いたらそれは室町時代の鏡だっておっしゃって。あれは昔の人が何か思いを込めてあそこに埋めていったものらしいから、神棚買ってきて納めたんですよ。そしたら、翌日から一週間以上にわたっていろいろなものが気持ち悪いくらい届くんですよ。それまであまり行き来のなかった人から届く。すごいけど、ちょっと気持ち悪いなって思って。やっぱりそういう山のパワーっていうんですかね、ちょっと不思議なものを感じるんですよね。

坂下　ひとりで夏山に登ったときですかね、お天気がすごくよくて、空も真っ青で、高山植物がたくさん咲いてたんですよ。たまたまその時間はそこには誰もいなくて、貸し切り状態だったんですね。そのとき、あー天国行ったことないけど、たぶん天国ってこんな感じなのかなって思ったんですよね。時には人の命を奪うぐらい危ない場所にもなるんですけど、天気がよくてあんなにお花が咲いてると、生命の息吹というか力強さを感じたりして。山は生と死の両方を、同じ場所で感じることができる存在なのかなって私は思いますね。

――人々はなぜ山を目指すのでしょうか?

村越　やっぱり自分の心の中に満たされないものが里ではあって、それを山に求めてやってくるわけですね。人間のそこに寄り添ってくれるというか、むしろ生かされてるっていうことだよね、我々は山にね。

松浦　面白いことに日本って昔から自然宗教で、八百万《やおよろず》じゃないですけども、あらゆるものに魂が宿ってるっていうか、そう信じてずっと生きてきた人たちだと思うんですね、日本人は。山に登ることによって自分の魂が浄化されるとか、昔の人も感じてきたんじゃないかなと思うんですね。時代が変わってスマホとか便利な道具とかあっても、山自体は何も変わらないんですよ。山から得られる恵みを感じていられる、そこに住んでいられるっていうのは自分にとってはとても幸せなので、やめられないですね。

リフォーム業界

住まいへの価値観が多様化し、リフォームの依頼内容も変わりつつある現代。だが、住人は、いま暮らす人間たちとは限らない。かつてその家を大切にしていた人々や、家が建つより前からその土地に思いを沁み込ませていた人々……。依頼者の希望にこたえようとその場所に踏み込んだリフォーム業者たちが、思いもよらぬ災禍に見舞われることも。

両親の愛した家

村田 智さん（仮名・リフォーム会社経営）

背筋がちりちりと、くすぐられるような感覚がする。おかしな家というものは。たとえば敷地に入った瞬間、何かがいる、と感じたことがある。その家はあるべきはずの場所にフェンスがなく、そもそも違和感があった。気になって尋ねてみると、表情をなくした顔で奥さんが答えた。

「昔はあったんですけど、あなたがいま立っている場所で夫が首を吊ったんで、フェンスごと撤去しました」

家にあがると、その亡くなったご主人の位牌が、仏壇に置かれることもなく、リビングのローテーブルにめりこむように突き刺さっていた。はっきり言って、異様だった。いったい誰が、どんな力で、どんな執念で。

　息子がやったのだと、奥さんは言った。

「夫が死んでから、ちょっとおかしくなっちゃって。ときどき夜になると、ぶつぶつ言って家の中を燃やして回ろうとするんです」

　よく見れば、柱や天井の壁など、家じゅうに無数の焦げ跡が残っていた。

　どうにも返事のしようがなかった。ただ、この家を工事するのは危険だと、ちりちりとした感覚を背中に感じながら、ずっと思っていた。

　結局、その家とはリフォーム契約に至らなかった。最後まで会うことのなかった息子が、見積もり金額が高すぎるとかいろいろ難癖をつけて反対し、依頼主である奥さんは逆らえなかったらしい。

　正直、よかったと胸をなでおろした。どうにか理由をつけて断ったほうがいいのではないかという焦燥と、リフォーム会社を営む社長としての矜持との狭間で生まれていた葛藤を、あっさり手放すことができたから。

　昔はそんな、オカルトを信じるような性格ではなかった。〝第六感〟なんてものも信用していなかった。だけど、長年かけて現場経験を重ねていくうちに、無視できない何かが自分の中で育っていった。

背中がちりちりするときは、無理せず撤退したほうがいい。

おおっぴらには言えないが、それは俺にとって重要な指針だった。

だけど――。

何も感じなかったのだ、あのときは。


依頼主は、一軒家にひとりで住んでいるという四十代半ばの女性だった。

築三十年から四十年は経っていただろうか。一階は亡くなったご両親が営んでいた中華料理店で、いまは空き店舗となっている。もしかしたら娘さんが生まれたのを機に独立して、自宅兼店舗のこの家を建てたのかもしれない。だが、役所勤めの娘さんにとっては無用の長物だ。居住スペースは二階だけれど、風呂とトイレ、それから店舗とは別に自宅用のキッチンが一階にあるから、店舗を他人に貸すのも気が引けるだろう。

だからてっきり、店舗部分も居住用にリフォームしてほしいと、そういう依頼なのかと思っていたのだ。しかし、

「リフォームはお風呂とキッチン、それから外壁の塗装だけお願いします」

「厨房はどうするんですか?」

「一切いじらないでください」

娘さんは語気を強めて言った。

「将来的に使う予定があるんですか? 状態はいいですもんね。いまからでもまたお店をはじめられそう」

「いいえ、そんな予定はありません。でも、いいんです。店舗はそのままで」

物静かな人だっただけに、その、断固とした口調がやけに気になった。それでも、引き受けるのを躊躇するほどではない。空間を遊ばせておくのはもったいないけれど、思い出も詰まっているのだろうし、そのままにしておきたいなら尊重しよう。その程度の感想しか抱かなかった。

違和感を抱いたのは、見積もりを出して契約を正式にかわした後だ。

「水回りの工事をするとき、塩やお酒をまいてほしいんですけど、どうすればいいですか」

依頼主に尋ねられた。

「準備は何日前から必要ですか。神主さんをお呼びしたほうがいいんでしょうか」

ずいぶんと熱心に細かく尋ねてくる。

確かに水回りに触れるときは、お祓いやお浄《きよ》めをしたほうがいいと言われている。でも、近頃では気にする人がぐんと減った。今回の依頼主の世代はとくに。俺も、自分が担当した現場で申し出を受けたのは、これが初めてだった。

依頼主はリフォームの仕様も最低限を望み、ケチることはないが贅沢《ぜいたく》もしない。無駄をきらう合理的な性格がうかがえていただけに、意外だった。

「何か宗教上の理由とかあるんですか？　大事にされている形式とかあったら教えてください。できる限り、ご希望に添うようにしますので」

聞きかえすと、彼女は慌てたように首を振った。

「そういうのじゃないんです。ほら、水回りを動かすときって、いろいろあるっていうから。事故とか起きたら困るし、一応、ね」

「なるほど。じゃあ、我々のほうで基本のお浄めはしておくようにします」

「よろしくお願いします」

ほっとしたように、彼女は微笑んだ。

といっても、自分も詳しいわけではない。現場監督に相談しながら、米と塩、それから酒と水を、水回りと塗装する外壁の付近に見よう見まねでまいて浄めた。それに意味があったのかなかったのか——いまでも、わからない。

塗装し直すだけとはいえ、外壁に足場を組んで作業をするのだから、それなりに大きな音が出る。人の出入りもさわがしくなる。着工日の数日前に、近隣にタオルを持って挨拶に行くことにした。

そのとき訪ねた近所の飲み屋で、店主に言われた。

「ああ、あのお化け屋敷。工事するの？　大丈夫？」

地元では、有名な話らしかった。二階から、じいっと外を見下ろしているおばあさんの姿を、何人も、何度も、目撃しているのだと。依頼主のお母さんだ、とわかる人にはわかるらしい。

「あそこのお父さんもお母さんもずいぶん店を大事にしていたからな。下手にいじると、祟られるんじゃないか」

「いやだな、脅かさないでくださいよ」

居酒屋の常連客と思しき男の言葉を、俺は笑って受け流した。みんな酔っ払っていたから、きっと大袈裟に話しているのだろうと。

「ま、水回りを大事に扱えば大丈夫だろ、きっと。気をつけてな」

不意に、お浄めをしようとしていた依頼主の真剣な表情を思い出した。長年放置されているはずなのに、ふだん使っているはずのキッチンよりぴかぴかに磨き上げられていた、厨房のシンクのことも。


奇妙な写真が撮れたのは、そのすぐ後だ。

いつも工事に入る前、現状確認のためにデジカメで写真を撮っていた。写真を確認していたら、その中に一枚、上下がさかさになった写真がまぎれ込んでいた。不思議に思って、画像を回転させて確認してみると、厨房の壁に設置されたダクトを写したものだった。銀色でL字型の排煙口。

よく見ると、カーブのかかった側面に、小さな丸椅子に座った女性が写り込んでいる。見覚えのない、おばあさん――いや、これは。

「……まじかよ」

店舗に飾られていた写真に、依頼主と一緒に写っていた女性。亡くなった母親の姿だった。

すぐさま、現場監督に見せた。

「これはやばいかもしれないな」

いつになく顔色をなくしている彼の様子から、異常事態であることの危険信号を感じ取った。

「事故が起きないよう心してかかろう。でも、現場のやつらには内緒だ。士気がさがるし、びびるとよけいに事故が起きやすくなる」

自分としても、触れ回って大事にしたくなかった。というよりも、気のせいだと思いたかったのかもしれない。

——だって全然、何も感じなかったのに。

第六感とはいえ、センサーが磨かれるのは、現場経験を積んだ証しだと自信を持っていたことに、そのとき気づいた。怖さと、気味の悪さと、そして少しの悔しさを抱えながら、何事もなかったかのように工事を進めた。

水回りも風呂場も、経過は順調だった。

時折、誰もいないはずの家の中で人影を見たとか、その人影に声をかけたのに無視されてしまったとか、現場から声が寄せられてきた。だけど、「気のせいだろう」「気づかなかったんだろう」と答えて流した。

完成まであともう少し。それで終わるはずだったのだ。

「すみません、雨戸を閉め忘れちゃいました」

会社にいる自分に現場のスタッフから電話が入ったとき、すでに日は暮れていた。外壁を塗装する際に開ける二階の雨戸を、帰るときには閉めておいてほしい、というのは依頼主からきつく言われていた約束だった。平日、帰宅の遅い彼女が防犯に気を配るのは当然のことだ。

俺はため息をついた。

「わかった。俺が行って、閉めておく」

面倒で気が進まなかったけれど、これも仕事だ。仕方なく、車を現場に走らせた。

ふだんその雨戸は、家の中に入らず外の足場から開け閉めしていたのだが、いまは作業中でもなく、人けの少ない夜だ。そんな状況下で、足場にのぼって二階の窓に手をかけていたら泥棒と誤解されて通報されかねない。

俺は借りていたカギを使って、勝手口から依頼主が留守中の家の中に入ることにしたが、憂鬱な気持ちはまったく消えない。

二階へあがって雨戸を閉めてくる。たったそれだけ。

だけど、勝手口を開けるとその先は、厨房だ。つまり、あのおばあさんが写真に写り込んでいたダクトがあるのだ。日中でさえ、近くを通るときは薄気味悪い気持ちになるというのに、こんな暗がりでひとりだなんて、たまったもんじゃない。

ドアを開けると、闇夜にぼんやり銀色の輝きが浮かび上がった。ぞっとするものを感じながら、足早に通り過ぎ、奥の階段へと向かう。厨房内に響く自分の足音が、こんなにもおぞましく聞こえるものとは思わなかった。

ギイ……ギイ……と、一段のぼるたびに足元が軋む音がする。

古い家の呼吸が、場の静けさに反射するように、昼間よりも大きく響きわたる。自分の呼吸だけが大きく聞こえていることに、妙な焦りを感じた。

階段をのぼりきると、その先は真っ暗な廊下が延びているだけだということは、最初に家の中を案内されたからよく知っている。二階の電気がなぜか階段の近くではなく、廊下の奥まで行かなければつけられない、ということも。

無人の家なのに、誰かに聞かれて困るというわけでもないのに、できるだけそっと、音をたてないようにして廊下を歩こうとしている自分がいる。そうしなければならない、と。けれど、どうしたって、ギイ……ギイ……という音は鳴り響き、そのたびに心臓が収縮するような感覚になる。

閉め忘れたという雨戸は、廊下を突き当たって左手にある部屋のものだ。その途中、右手の壁には窓がある。みんなが、見下ろしているおばあさんを見かけるという、あの窓が。

ああ、いやだ。本当にいやだ。

声に出さないのはせめてもの分別だったが、せめて内心でだけでも何か言ってなければ、静寂に完全に呑み込まれて、立っていられなくなるような気がしていた。ほんの数メートルなのに、永遠かと思われる廊下を抜けて、部屋のドアに手をかける。

そこは、依頼主の寝室だった。これが、憂鬱だった最大の理由。寝室にだけは決して入ってはいけないというのもまた、依頼主にきつく言い含められていたことだった。だが、背に腹は代えられない。

「お邪魔します。すみません」

頭を下げながら、ドアを開ける。

その瞬間、信じがたいものが目に入った。

「なんだこれ……」

壁という壁に、お札がびっしりと貼られていた。漢字やら、梵字《ぼんじ》やら、意味ありげな図章やら、大きさも種類もそれぞれ違うけれど、隙間なく、部屋を埋めつくすように。

その異様さに、眩暈がした。

――彼女は、こんなところで寝起きしているのか？

見てはいけないものだった、と考えなくてもわかる。急いで部屋の奥にある窓を開け、雨戸に手を伸ばした。ガチャガチャと音が鳴るばかりで手元が狂い、なかなかうまくいかない。焦る気持ちをなんとかおさえ、どうにか閉めることができた、そのとき。

背後で扉が開く音がした。

ばっと振りかえるも、部屋のドアは微動だにしていない。はっとした。あれは、一階の勝手口が開く音だ。古い木造の家だから、遠く離れていても家の中で生まれた音は響いて、耳に届いてしまう。

ああ、なんだ、そうか。僕は安堵の息を漏らした。彼女が帰ってきたんだと。

だが、いくら耳をすませても、厨房を歩く人の足音は聞こえてこない。

厨房の床は石張りだ。いつもヒールを履いている彼女の足音がしないわけがない。自分のスニーカーですら、反響するような音を鳴らしていたというのに。

「すみません、村田です！　雨戸閉め忘れて、入っちゃいました！」

部屋から顔を出して叫んだ。

こんな時間に勝手口のカギが開いていたから、彼女もびっくりしているにちがいない。泥棒でも入ったのではないかと、息をひそめているのかもしれない。そう思い、安心させようと、ことさら声を張った。

「申し訳ないです、いま終わって、すぐに帰りますから！」

だけど、返答はない。あたりはあいかわらず静まりかえっている。

ひょっとして、ただの風の音だったのだろうか。そう訝《いぶか》しんでいると、ギイ……

ギイ……と今度は木の板が軋む音がした。

誰かが階段をのぼってくる。

そう察した瞬間、危険を知らせるように、全身から汗が噴きだすのを感じた。

「村田です！　すみません！」

もう一度叫ぶと、足音が止まった。再び静寂が訪れる。

何かが変だ。

最初に思ったのは、幽霊などではなくこれは泥棒なのではないか、ということだった。だとしたら危険だ。自分の責任を問われるし、そもそも鉢あわせて殺されてしまうかもしれない。いや、いっそのこと、不意をついて捕まえたほうがいいのだろうか？　現場仕事で鍛えられた身体はそんなにヤワじゃない。相手がよほどの手練《てだ》れじゃなければ、どうにかできるかもしれない。

ギイ……ギイ……。

そんなことを考えているうち、また音が鳴った。一歩ずつ、一歩ずつ、音がこちらに近づいてくる。

出ていくしかない、と思った。相手が泥棒にしろ、依頼主にしろ、ここに自分がいることは明らかに知られているのだから、飛びだしていくべきなんじゃないのかと。でも、動けなかった。金縛りにあったように、足が硬直している。

ギイ……ギイ……。

ギイ……ギイ……。

音はさらに近づいてくる。もう階段じゃない。廊下を歩いて、こちらにやってくる。だけど――おかしい。やっぱり、変だ。

誰かがいる、いるような気配が、少しもしない。聞こえてくるのは音だけで、生きた人間の息遣いも、温度も、まったく伝わってこない。

やがて、廊下を数歩進んだところで、音が止まった。

それが、おばあさんの立つ窓の前だということが直感的にわかった。

これ以上はまずいということも。

「お邪魔しました！　もう帰りますね！」

返事がないとわかっていても叫ばずにはいられなかった。部屋を飛びだし、誰もいない廊下を一気に通り抜けようとして、ふと窓の向かいにある部屋のドアを、前触れもなく勢いよく開けた。廊下に誰もいないのならば、潜んでいるとしたらその部屋しかありえない。

だが、いない。息を潜めるような気配も、当然、ない。

どこにも、誰も、いないのだ。この家に、自分以外は。最初から。

限界だった。

足がもつれそうになりながらも階段を駆けおり、家から飛び出た。震える手を押さえながら急いでカギをかけると、うしろもふりかえらずに車に乗り込み、ただ無事に家に帰りつくことだけを考えた。二階の窓を見上げることなど、もちろんできるはずもなかった。

その後、工事はつつがなく済んだ。

しかし解散した翌日、現場監督が急な高熱を出して、一週間休み続けた。

職人のひとりが「首が痛い」と言いだし、原因不明のまま仕事にも出られない状態が二か月も続いた。

俺はというと、今回の仕事を紹介してくれた人の家にお札に向かう途中、車で事故を起こしてしまった。よそ見はもちろん、確認不足だったということもない。だけど、自転車が飛びだしてくるまで、その姿がまるで見えなかった。

自転車に乗っていた人も、障害物があるわけでもないのに、こちらの車の存在がわからなかったと言っていた。

どちらにも怪我がなかったことだけが、幸いだった。


なぜ彼女は、あれほどたくさんのお札を貼っていたのか。

死んだ母親が現れる、というだけであそこまでするだろうか。

ご両親とは、生前、財産のことで揉めていたらしいとか、店の権利をめぐって対立していたらしいとか、後から噂でいろいろ聞いたものの、本当のところは何一つわからない。

彼女はいまもあの家で、水回りを磨いているのだろうか。

誰もいない厨房を、ただひとり、どんな気持ちで守っているのだろう。

そこに、誰かいます

島村明夫《しまむらあきお》さん（仮名・リフォーム設計会社経営）

「どうしてくれるのよ！」

彼女は顔を真っ赤にして叫んだ。

「こんなの違う！　頼んでない！　なんでこういうことするの！」

泣きながら絶叫する彼女——依頼主を前に、僕たちは呆然とするほかなかった。

壁紙の色が違う、と彼女は言う。

貼られている壁紙は間違いなく依頼されたものだった。壁一面の大きさで見ると、見本とはちょっと違う印象を受けるかもしれないが、その点については了承していたはずだ。それに、その壁は彼女が言っていたイメージどおりに仕上がっていると僕には感じられた。

ううううう、と歯を食いしばり呻《うめ》き声をもらす彼女の肩を抱きながら、その娘さんが憎しみのこもった目で僕を睨みつけている。人は心の底から怒りを発露したとき、本当に般若のような顔になるのだと、僕は今回の仕事を通じて痛感していた。

そう、初めてじゃないのだ。こんなことは。

彼女たちからリフォームの依頼を受けて以降、何度も何度も、続いている。

そこはかつて山を切りひらいて開発されたいわゆるベッドタウンで、僕たちがリフォームを請け負ったのは巨大な団地の一室だった。巨大、といっても、家族世帯が多い賑やかな場所とはほど遠く、むしろさびしさを感じるくらいだ。確かに、開発された直後は新しい街に心を躍らせた住人たちで賑わっていたらしいのだが、もともと何もない場所をむりやり盛り上げても人がいつくはずもなく、次第に住民は減り、高齢化も進んだ結果、ゴーストタウンのような趣を街全体に漂わせていた。

こういう、日が当たっているはずなのに薄暗い場所には、仕事上よく行きあたる。

丘の上には大きな病院があったのだが、そのたたずまいにはとくにいやな印象を受けた。聞けば、百年以上も前、その丘は首切りの処刑場だったという。その病院では幽霊が出るという噂が絶えなかったらしい。それだけじゃない。この街が置かれた山全体が、そもそもあまり気のよくない場所なのだと、土地をよく知る人が言っていた。

そんな場所の分譲団地に、依頼主の母娘は住んでいた。娘が家を出た後、父親が単身赴任になり、母親ひとりでは手に余るということでしばらく賃貸に出していたのだが、父親の帰任が決まって、家族三人で戻ることにしたという。

それで、全面的にリフォームをしてほしいという依頼だった。

もしもその団地に、部屋に、よくないことが起きていたとしたら、貸していた住人からクレームがあったはずだ。それどころか、依頼主も戻ろうとは思わなかったに違いない。だから、街自体はよくなくても、その部屋に問題はないと思っていた。

リフォームの相談にやってきた母娘は、些細なことでよく笑い、朗らかな空気を身にまとっていた。こちらの提案にも見積もりにも意見は述べるが、基本的に意図を汲《く》んでくれる。気持ちよく仕事ができそうだ、とそのときは思っていた。

工事がはじまってからだ、様子がおかしくなっていったのは。

進捗を確認しにきた母娘に何度も何度も呼びだされ、そのたびに罵倒された。「気のせいじゃないか」「気にしすぎじゃないか」。そんなことを僕たちが言ってはいけないことはわかっている。これから何十年と住むことになる大事な部屋だ。何百万円と費用をかけてリフォームするのだから、こだわって当然だ。わかっている。わかっているから、決してそんなことは口にしない。

それでも、あんまりですよと言いたくなるほど難癖に近いクレームを受け続けた。申し訳ありませんと、頭を下げることしか僕たちにはできなかった。

その日も何度も平謝りし、僕たちは外に出た。止めていた車に乗り込んで「まいっちゃったね」と言うと、部下の女性が険しい顔をして団地を見つめていた。

「何かありますよ……ここ」

うん、とも、ふうん、ともつかない息を漏らして、僕は運転席に沈み込んだ。すぐに発車する気にはなれず、しばらく二人でぼんやりしていた。

すると団地のほうから、飛びだしてくる人影があった。

依頼主だ。

泣いている。表情が歪んでいるのが、離れていてもわかる。

ああ、またか……追いかけてきてまで文句を言いたいのか。うんざりというよりやるせない気持ちになって、僕は目を伏せた。依頼主は、ドンドンドンと窓ガラスを叩いた。

僕は車を降りず少しだけ窓を開けて、「どうかしたんですか」と尋ねた。この後に続くであろう罵声に身構え、身体をきゅっと強張らせた。ところが。

「……ごめんなさい、本当にごめんなさい。あんなこと、言うつもりじゃなかったんです」

依頼主は、わっと泣きだした。

「本当に、失礼でしたよね、私。お世話になっているのに、とんでもないことを……なんてお詫びを申し上げたらよいのか」

「え、あ、ちょっと……どうしたんですか」

「わからないんです。本当に、わからないんです」

泣き崩れた彼女のうしろに、気づくと娘さんも追いついていた。彼女もまた泣きだしそうな顔をしながら、僕らに言った。

「あの部屋にいると、なんだかおかしな気分になってしまうんです。わっと感情が溢れ出て、自分たちでもコントロールできないくらい」

僕と部下は、目を見あわせた。

何かありますよ、ここ――彼女の目は、再びそう告げていた。

思えば、工事の最中から奇妙なことは続いていたのだ。

　やたらと事故が起きるという報告が頻繁にあった。どれも大きな怪我に繋がるようなものではなかったが、いやな予感がして、現場に一度顔を出すことにした。

すると現場監督が、神妙な顔で「ちょっと見てやってください」と言ってきた。

「ヘルプで入っている職人さんが、脚立に乗っているとき、誰かに足をつかまれたって言うんです」

「誰かにって、いたずらで？」

「いやそれが……まわりには誰もいなかったって言うんですよ」

「そんなばかな」

僕は笑い飛ばした。脚立に自分で足をぶつけるかなんかしたんじゃないか、と。

だが、その職人の足首にはくっきりと赤黒い痕がついていた。明らかに誰かにつかまれたのだとわかる、指の痕までも。

気になって土地のことを調べはじめたのは、その後だ。

お祓いでもしたほうがいいのだろうか。そう思ったけれど、あまり大袈裟に騒ぎ立てるのも気が引けた。

「気をつけろよ。ちょっとでも危ないと思ったら、休むように」

現場監督も職人たちも、僕の言葉にただ曖昧な顔でうなずいていた。そう言うしかない僕の立場はわかっている、でも、それだけじゃどうにもならないことが起きているんだよ、と訴えるように。

泣いて詫びてきたからといって、依頼主たちのクレームが終わったわけではなかった。

その後も僕たちは何かにつけて呼びだされ、理不尽な怒りを受け止め続けた。まるであのときの謝罪が夢だったように。一刻も早く完成させて、この現場から離れたい。それは、現場に関わる全員の総意だっただろう。

その一体感があってか、工事はスケジュールどおり順調に進んだ。

しかし案の定、引き渡し直前に内装を確認してもらったとき、母親は叫んだ。

「こんなの許せない！　全部台無しよ！」

床の艶《つや》が出ていないとか、偏っているとか、そんなクレームだった気がする。

やりなおせ、と彼女は言った。

こんな仕上がりじゃ納得することはできない、と。

だがそのコーティングには特殊な技術を使っており、やりなおすなんてことはとうてい無理な話だった。無理な話だったが、そのときはただ「善処します」と頭を下げて、清掃スタッフと改めてワックスをかけることにした。

かなり遅い時間までかかったように思う。

「これでもまだ文句言われるんじゃないですかね」

気を抜けば滑って転んでしまうのではないかというくらい、ぴかぴかに磨き上げた床を見ながら、清掃スタッフのリーダーが言った。確かに、光の反射によっては、磨かれていないように見えるところがある。

「これ以上はどうしようもないよ。念のためほかの部屋も掃除をして、終わりにしよう」

そのとき、若い男の子がリーダーに近づいてきて、何かを囁《ささや》いた。

リーダーは、一瞬、怪訝《けげん》そうな顔をした後、ためらいがちに僕を見た。

「あの……島村さん、こういうこと言うの、どうかと思うんですけど」

「ん？　どうしたの？」

「いる、って言ってます。そこに、誰か」

視線だけで彼が示した先にあるのは、リビングの向かいにある和室だった。廊下を挟んではいるが、すべてのドアが開け放たれているので、畳が見える。リーダーは少し迷うそぶりを見せた後、和室が完全に見えなくなる場所まで僕と男の子を連れていった。

「彼、見えるんですよ……な？」

男の子は無言でうなずいた。

作業をしている様子を見ているかぎり、寡黙で律儀。冗談半分でそういうことを言いだしそうな子には見えなかった。

「何を見たの」

「……女の人が」

ぼそっと、彼は言った。

「髪の長い女の人が、和室のほうから首を傾げて、こっちを覗き込むようにして、じっと見ています」

「え、いまも？」

「はい。ずっと。だからもう……ちょっと、和室の掃除はいいんじゃないかなって」

鳥肌が立った。

僕はあたりを見回した。どこもかしこも、埃一つないくらいに片付いている。まだ文句を言われるかもしれないが、これ以上、僕たちにできることは何もないように思われた。

「帰ろう。終わりにしよう」

そう言って、僕は部下の女性に電話をかけた。

社用車は一台しかなく、会社で事務作業をしなくてはいけなかった彼女が、僕の送迎をする手はずになっていた。

「ごめん、予定より早く来てもらえるかな。スタッフが、やっぱりいるって言うんだ。なんていうか……まいっちゃって」

彼女はすぐに了解して、二十分もあれば到着できる、と言って電話を切った。だが、待てど暮らせど彼女はやってこない。四十分が過ぎた頃、不安になって携帯電話にかけてみたが、何度鳴らしても出てくれない。

「僕たちの車で送りましょうか」

リーダーが言ってくれたけど、行き違いになっても困るので断った。

彼女から連絡が来たのは、最初に電話してから一時間ほど経った後だ。

「すみません、道でタイヤがバーストしてしまって、動けないんです。業者を呼んでどうにかしようと思ったんですけど、電話も繋がらなくて、身動きもとれなくて。迎えに行けません」

お祓いをしよう、と決めたのはこのときだ。

お寺を紹介してくれたのは、長く付きあいのあるベテラン職人のひとりだった。僕よりずっと年上で、何十年とこの業界で仕事をしている彼は、決して幽霊を信じたり、オカルトを好んだりするわけじゃない。

ただ彼は、「いるものはいる」ということを知っていた。合理的には説明のつかないことがこの世では起こりうるのだということを、肌身で感じているのだ。

寺には、部下と二人で向かった。

樹齢何百年とありそうな巨木にかこまれた鬱蒼《うっそう》とした森の中、立派な門構えを抜けたとたん全身に寒気が走り、僕はガタガタと震えはじめた。見ると、隣で部下も真っ青な顔をして、両腕を抱えていた。

とても歩けるような状態ではなかった僕たちの前に、現れたのが住職だった。

あいかわらず震え続ける僕たちを誘導し、住職はお堂で話を聞いてくれた。笑い飛ばされるかと思ったけれど、住職は一切動じることなく耳を傾けていた。

「人智を超えた現象が起きていることは否定できません」

住職は静かに言った。あえて「霊」や「祟り」という言葉は使わない人だった。

「ただ、お見受けするに、どうやらいまはあなたたちのお心のほうに問題があるように思います。今日は私がお祓いをいたしますから、気持ちを新たにしてもう一度、明日、そのお客様に向きあってください」

護摩焚《ごまだ》きのようなことをしてもらった、と思う。

あまりの体調の悪さに、細かいことは覚えていない。だが、お札を渡され「明日からはもう大丈夫ですよ」と言われたとき、少し身体が軽くなったのを感じていた。

とはいえ、大丈夫ですと言われても、何がどう大丈夫なのかわからず、部下と半信半疑のまま、帰路についた。


それから数日経って、今度こそ部屋を引き渡すという日がやってきた。

何を言われても頭を下げて納得してもらうしかないと、腹をくくっていた。しかし、驚くことに現場で会った母娘は、はじめて出会ったときと同じように、終始穏やかな笑みを浮かべていた。

「本当に、島村さんにはお世話になって」

そんなことを言われたのは、初めてだった。

「細かいところまで心配りしてくださって、感謝しています。お願いしてよかった」

ほっとするというより、度肝を抜かれた。

家にあがってから、一度も出されたことのないお茶を振るまわれたときは、逆に恐怖で震え上がりそうだった。部下も、同じ顔をしていた。

「……すごいですね、お札の効果」

帰り際、彼女がぼそりとつぶやいた。

さらに後日、寺を紹介してくれた職人にも報告した。

いったいなんだったんですかね、と首を傾げていた僕に、彼は腕を組んで、考え込むようにしてから言った。

「その女はたぶん、部屋じゃなくてお前に憑いていたんだな」

「え？」

「理由はわからないが、お前に執着していたんだ。だから、現場から離れられないよう、母娘を仕向けていたんじゃないか」

――腑に落ちるものが、あった。

クレーマーというのは、概してそういうところがある。文句を言うことで、誰かに相手をしてもらいたいと願っている人がときどきいるのだ。だから、どんなに誠意を尽くしても、合理的な解決法を提示しても、納得しようとしない。ただ自分のためにあたふたして、自分に会うために足を運んでくる、その姿を見たいのだから。

「お前に近づく女の存在がいやだから、母娘に対するあたりもよけい強くなっていたのかもしれん」

「つまり、部下が車で迎えにこられなかったのも」

「嫉妬だろうな」

たまったものじゃない、と思った。

だって僕は、その土地にも、女の人にも、なんの縁も因果もないというのに。

「よかったな、離れられて。お祓いしなきゃ、永遠にあの場所に縛りつけられていたかもしれないぞ」

因果はなくとも、執着される。

それが、人ならざるものなのだ。僕たちの常識なんて、きっと、通用しない。

すべて終わったと思っていても、もしかしたらこの先も、また――。

リフォーム業界編

集まったのはリフォーム業界で内装、外壁、設計と、専門の違うプロフェッショナルたち。内装業を営む大平建造《おおひらけんぞう》さん（仮名）は十九歳で内装業界に入り、二十九歳で独立した叩き上げの職人。大学卒業後、三十歳でハウスクリーニングの職人となったのちに、リフォーム設計会社を設立した島村明夫さん。外壁や屋根の塗装を主な仕事とするリフォーム会社の三代目社長、村田智さん。

——リフォームに対する考え方の変化が、現在のブームを支えているそうですね。

島村　古いものでも手を入れれば自分仕様にカスタマイズできる。新築だと自分仕様ではなくありきたりのものを提供されて、それでは納得いかないっていうお客さんが増えたってことですね。中古で買ってリノベーションして思う存分、趣味嗜好《しこう》に合った家にしようっていう人が増えました。ここ十年くらいはとくに強く感じています。

——昔ながらの家づくりのルールに変化はあるのでしょうか？

島村　昔は仏壇がけっこう立派に存在していましたが、いまはすごくコンパクトにして、なるべく目立たせず、蓋を閉めておく設計にしてくれという依頼がありますね。仏壇を見せないようにしたいという気持ちなのでしょうけれども、そもそも仏壇って見せないようにしていいものだっけって思いつつ、設計の人間とも話しててすごく気になります。昔ながらのルールっていうのはもうほとんど通用していない、というか無視されているんじゃないかなっていう感じはしますね。

村田　お父さん・お母さんやおじいさん・おばあさんの世代は神棚を大事にしていましたけれども、若い世代になると神棚はそこまで重要視していない方もいらっしゃって、「処分して」と言われるとちょっと困っちゃうことはありますね。

大平　豪邸みたいな家だとお庭にお蔵みたいなのあるじゃないですか。僕らと一緒に解体屋さんが現場に入っていることがあって、その職人さんが外国の方々だったんですね。彼らがお蔵を油圧ショベルでガッチャンガッチャン壊していて。「お蔵は神聖なもの」という感覚は日本人特有のもので、彼らにはそれがわからない。それを見ていた僕らのほうが不安になったことはありましたね。

——ほかにも扱いに気を遣うものはありますか？

大平　床を張り替える現場に行ったとき、現場がめちゃくちゃ汚れてたことがありました。真っ黒になって、においが漂っていて。床はボヨンボヨンになっていて一部だけ張り替えることができないから、下地から替えてもらわないと施工できないって話になって。工務店の監督さんたちに来てもらって床を開けてもらったら、そこに井戸があって。もう枯れた井戸なんですけど、気味が悪くなっちゃって。井戸のイメージっていうと、映画の影響で髪の毛の長い女の人が出てきて……っていう想像をしてしまうので、怖いから帰ろうってなりました。

村田　井戸って僕らが触れてはいけないような神聖さというか、昔からの歴史があるので、そのぶんいろいろな人が携わってきているんですよね。

——大平さんも〝見える人〟との不思議な体験があるとか。

大平　現場で霊感が強いっていう人がいて、「あそこは霊の通り道になっています」という話をいきなりはじめたんです。僕らは大変だからやりたくないだけだろうとか話していたんですが、でもその人は「この建物は昔アパートで、黒い階段が通ってたのが見える」と。試しにグーグルマップでその土地を見てみると、確かにその古い建物が写っているんですよ。黒い階段が通ったアパートみたいな建物が。それで、あ、これは本物だと思ったのですが、その日のうちにそこを終わらせなきゃいけなかったので、周りに話すな、と伝えました。

——島村さんと村田さんは似たような体験をされているとか。

島村　奥様を亡くされたという旦那様からの依頼の仕事でした。全部打合せが済んで帰りにエレベーターに乗ったんです。エレベーター内で同行した女性のスタッフと二人で並んでいたら、ちょうど僕とスタッフとの間から別の女性の声で「宜しくお願いします」ってはっきり聞こえたんです。僕らは同時に振りかえって見ました。つまり、僕も彼女も同じものを聞いているわけです。そのときは彼女の携帯電話から「宜しくお願いします」って聞こえたって思って、「あなたの携帯電話ですよね」と尋ねたら、「違うんです。はっきり聞こえましたが、電話はありません」と彼女は否定しました。では、二人の間から確かに聞こえた声はなんだったのか……。その後の打合せで奥様がかつてとてもリフォームしたがっていたのでその夢を叶えるための依頼だと旦那様がおっしゃっていたのを聞いて、あの「宜しくお願いします」はその奥様が僕らに投げかけた言葉なのかなって感じたんです。思わず鳥肌が立ちましたが、僕はいい話としてとらえているので、あまり怖くはないんです。

村田　私は戸建て住宅の外壁塗装のお客さんでの出来事です。契約にお伺いする日で、見積もりや契約提案書を持って家の中に入りました。そのとき、おじいさんが「お茶も出さずにごめんね、いま準備するから待っててね」っておっしゃって、私はリビングで待ってたんですね。書類に間違いがないかを確認して待っていたら、パーッとドアが開いて、奥さんらしき人がこちらを見て「宜しくお願いします」って会釈をされるので、僕も「お邪魔しています。今回宜しくお願いします」って自己紹介をしたら、パタっとドアを閉められたのです。しばらくすると、おじいさんがお茶を持って戻ってきて、どうぞってお茶を差しだしてくれたんです。そのとき、「最近あまりお茶出ししてなくて。家内がいないと大変なんですよ」っておっしゃったんですね。さらに「村田さんせっかくなんで家内にちょっと挨拶させますね」と言って和室のドアを開けたら、目の前に仏壇があるんですよ。その仏壇の中にさっき挨拶された女性の写真が飾ってあって。それで、さっきの方は亡くなった奥様だったんだ、と気づきました。でもそのときは怖い気持ちは一切なくて、なんというか座敷童を見たような感覚というか。一生懸命頑張ろうとポジティブになったというか。

大平　きれい・汚いではないかもしれないんですけど、きれいに成仏された方っていうのはいい働きをもたらしてくれるのかなって思ったことがあります。仏壇に写真があると施工中にどうしても見られている感覚があって、ズルはしないですがズルはできないな、見張られているなっていう、僕らに対していいプレッシャーがあって。だからいまの話を聞いてなるほどと腑に落ちましたね。

――リフォーム業界だからこそ見えてくる「家」とは？

村田　人にとって家っていうのは帰ってくることも、出ていくこともある、大事な場所だと思います。旅行から帰ってきた後、私の母も言っていた「家に帰ってくると何より安心するし、家がやっぱりいちばんよね」っていう言葉は象徴的ですね。お金払って旅行しているのに、帰ってきて家がいちばんというのは妙な話とも思うのですが、そのくらい家ってみんなが戻ってくる場所なので、大切なんだと。やがて年数が経って将来的に住んでいる人が変わったとしても、その建物や土地を大事にしてほしいという想いが世代を超えて現れるのが、リフォーム業特有なのかなと思いますね。

フードデリバリー業界

コロナ禍で、フードデリバリーの需要は劇的に増えた。アプリ一つでおいしい食事が届く。依頼者たちがその利便性を享受している裏で、手間と時間を配達者が肩代わりしている。ときには危険すらも。なぜなら、顔の見えない依頼者から指定の場所へ荷物を送り届ける配達者たちは、現実との境界を越えて、ただならぬ気配に近接してしまうこともあるかもしれないから。

五階に棲むお婆《ばあ》さん

ユミさん（仮名・ウェブマーケター）

日常って、ある日突然変わるんだ、とあのとき私は思い知った。

デパートで美容部員として働いていた私の仕事は、お客さんの肌に触れて、悩みに応じて化粧品を選び、いまよりちょっと自分のことが好きになれるお手伝いをすることだ。

薦めた商品を買ってもらえるのはもちろんうれしかったけど、お客さんが来たときよりも華やかな表情で帰っていくのを見ることに、何よりやりがいを感じていた。何度か来てくれる常連さんの近況を聞かせてもらうのも、好きだった。

それが全部、変わってしまった。

新型コロナウイルスという未知の感染病が世界中に流行して、人と触れあう私たちの仕事は真っ先に奪われた。自宅待機を命じられ、週に何度も通っていたジムが閉鎖され、ひとりで外をランニングすることすら咎《とが》められるような風潮で、私はどんどん心を腐らせていった。

フードデリバリーの仕事をはじめたのは、お金以上に、自分の心を守るためだ。自宅待機は休暇じゃないから、勤務時間内は自宅で過ごさなきゃいけない。でも、その前と後の時間は何をしようと自由だからと、配達員に登録した。非日常に変わってしまった日々をごまかすように、早朝と夕方から深夜にかけて、自転車で街を駆けまわるようになった。

一方で、美容部員の仕事はいつまでたっても再開のめどがたたなかった。やがて私は、配達員の仕事一本で生活することに決めた。

一日一万円のノルマを自分に課して、朝から晩まで肉体を酷使するのは大変だけど、もともと身体を動かすのが好きだったから、家にとじこもっているよりずっと気持ちはラクだった。一件一件、仕事をこなすたびに報酬が入るのも、わかりやすくてよかった。何より、美容部員の仕事とはまったく世界が異なるけれど、世の中の人々のライフラインを担っているのだと思うと、モチベーションもあがる。

意外と天職だったのかもしれないと、私なりに新しい日常を楽しんでいた。


配達していると、ときどきなんとも近づきがたい不吉な雰囲気を漂わせている建物に足を踏み入れることがある。

それはたいてい集合住宅だった。それも、古いアパートよりは、もう少し大きなマンションや団地だ。

アパートは外廊下で壁がないことが多く、日の光が当たっているから、古くて薄汚いことはあっても、薄気味悪いと感じることはそんなになかった。あまりにぼろぼろで、住人がいるかどうかもわからないような場所だと、さすがにぞっとはするけれど。

電灯が設置されていない内廊下で、どこからも日が差し込んでいないようなマンションや団地のほうが、私にとってはずっと怖かった。

スマホのライトを点灯させなければ歩けないような団地がしばしばある。ただ暗いから、ではない。人工物を起動させて、何かのよりどころにしたいのだ。そういう場所は、一刻も早く抜けだしたいとそわそわしてしまう。

——誰もいないはずなのに、住人の足音が聞こえる。

——追いかけてくるように、ラップ音が響き渡る。

そんな話をほかの配達員から聞いたこともある。

嘘をついているとは思えないトーンで彼らが話すから、「出る」と言われる場所には極力近づかないようにしていた。配達の依頼が届いても、絶対に断るようにしていた。


仕事をはじめて一年くらい経った頃、配達に訪ねた十階建ての団地も、そのような踏み入れたくない雰囲気を漂わせていた。夕暮れどきであたりが薄暗くなっていく中、くすんだ赤い色の壁だけがやけに主張している外観が、とても印象的だった。

お客さんは九階の住人で、対面での引き渡しを希望されてはいたものの、インターホンを鳴らすと、ドアの隙間から腕を伸ばして、ひったくるように荷物を奪われた。そういう愛想のないお客さんは少なくない。けれど、この団地の雰囲気とあいまって、私の心はいっそう沈んだ。

返事が来ないことをわかっていながら、「ありがとうございました」と閉じたドアの向こうに声をかけて、エレベーターに向かう。

四人くらい乗るといっぱいになりそうな、心細いエレベーターだった。次の依頼が届いてるかな、とスマホをいじりながら乗り込むと、廊下の向こうからかすかに「乗ります」というしゃがれた声が聞こえた。

ネットでくるんだお団子頭の、腰の曲がった小さなおばあさんだった。

私は「開」ボタンを押したまま、一階のボタンを押した。おばあさんはよたよたと乗り込むと、五階のボタンを指で押した。

おかしいな、と思った。

途中の階に降りることなんてあるだろうか。たとえば、高級タワーマンションならジムなどの共用施設があるかもしれない。だけど、その団地には住居以外、何もなさそうだ。

でもまあ、長く住んでいると住人間で友達ができるものなのかもしれない。私には関係ないことだとすぐに意識から消して、スマホをいじっていた。

五階につくと、おばあさんは乗ってきたときと同じように、よたよたとした動作で降りていった。

ゆっくり進むエレベーターがようやく一階にたどりつく。扉が開いて外へ出ようとしたそのとき、すれ違いざまに乗り込んでくる人がいた。条件反射的に会釈すると、「こんにちは」と聞いたことのあるしゃがれた声が返ってきた。

怪訝に思って振りかえると、閉まるドアの隙間から、おばあさんが私をじっと見ていた。背の高さも、曲がった腰も、ネットでくるんだお団子頭も。全部が、五階で降りたあのおばあさんと同じだった。

私は足早にその場を立ち去った。

いやいや、まさかね。おばあさんって、みんな似たような背格好をしているし、よく似た姉妹と一緒に住んでいるのかもしれないし。

そう言い聞かせ、自転車のワイヤーロックにカギをさそうとする。でも、焦りは隠せなくて、手が震えてうまくはまらず、ただガチャガチャと音を立てているうちに恐怖がいっそう増してきた。カギがはずれるやいなや、逃げるように全速力で自転車をこいだ。

二度と近寄りたくないと、自分の中のブラックリストにその団地を登録した。

事故に遭ったのは、それからすぐのことだ。

路上駐車しているトラックの右側を抜けようとしたとき、運悪く運転席のドアが開いたのだった。左腕に思いきり当たって横転した私は、道路に転がった。うしろから走ってきたタクシーが急ブレーキをかけてくれなければ、命はなかっただろう。

その後の警察でみっちり注意された。よくよく確認して走らなきゃだめだよ、と。でも、私は、運転席から死角になるような場所は走っていなかったはずなのだ。運転手も、ドアを開けるときは確かに確認したという。それなのに、私の姿が見えなかった、と。

不意に、私を見つめるおばあさんの視線が頭に浮かんだ。

関係ない……関係あるはずがない。私は懸命に、自分を納得させようとした。

それまでの私は、怖いのは幽霊よりも生きている人間だと思っていた。

配達先で、ドアの隙間からひったくられるのはまだマシで、腕をつかまれ、部屋の中に連れ込まれそうになったこともある。配達員の顔と性別は注文した人に伝わってしまう仕組みだから、よからぬことを考える男性も中にはいるのだ。

お墓まで配達させられたことも二回くらいあったけど、不気味ではあっても恐怖を感じたことはなかったし、私は大丈夫なのだとなぜか過信していた。

ただ、いつまでこの仕事を続けられるだろうかと、ちょうど考えはじめていた時期でもあった。頑張れば頑張るほど収入は増えるけれど、天気が悪ければ配達できる件数も減るし、今回のように事故に遭ったり病気をしたりすれば、休まざるをえなくなる。

そうなれば、そのあいだの収入はゼロだ。何の保障もない、見通しも立たない生活をこのまま続けた先で、体力以外にとりえもない私が、どうやって生きていけるのだろうと、不安が募りはじめていた頃だった。

事故をきっかけに私は再び正社員の職を探すことに決めた。

結果的に同じフードデリバリー業界ではあるけれど、配達員をケアして安心安全に働ける仕組みを構築する仕事を、いまは続けている。

もしも、あのおばあさんが事故と関係あるのだとしたら……。

きっと心配してくれていたのだと、考えるきっかけを与えてくれたのだと、そう思うようにしている。

夜桜の下で

ヨッシーさん（仮名・実演販売士）

世界から、人が消えた。

二〇二〇年の春は、まさにそんな感じだった。

得体の知れない病に感染することを恐れて、ほとんどの人が家の中に閉じこもり、あれほど人が溢れかえっていた渋谷《しぶや》や新宿《しんじゅく》がしんと静まりかえっている。

それなのに注文は、ひっきりなしに入る。

僕は自転車を漕《こ》いで、東京の街を縦横無尽に届けに行く。「食べたい」ということはつまり「生きたい」ということだ。

街から人が消えても、「死にたくない、生きていたい」という欲があちらこちらでほとばしり、フードデリバリーとして配達する僕らをせわしなく駆り立てる。不思議だった。こんなにも、僕の目に映る景色には、人の影が失われているのに。こんなにも、生と死をまざまざと意識させられるなんて。

街中ですれ違うのは、たいてい僕と同じフードデリバリーをしている連中だった。汗だくになりながら、みんな、誰かが生きるための食事を運んでまわる。自転車の漕ぎ過ぎで太ももがパンパンに張っても、楽しいことが一つもなくても、他人の「おうち時間」とやらを彩るために、朝から晩まで働いている。

それなのに、僕らは彼らと同じ、人ではなかった。

注文された品を受け取りに店に入ろうとすれば、まず、店員からストップをかけられる。消毒をしろ、とジェスチャーだけで示されるのだ。必要以上に近寄りたくない、と態度にはっきり出す人すら少なくない。

お客さんはもっと露骨だった。「家の前に置いておいてくれ」「ドアノブにかけてくれ」と対面での受け取りを拒否するケースは、まだいいほうだ。

地面に置かれるのもそれはそれで不衛生でいやなのか、玄関のドアを数センチだけ開けて、手だけにゅっと伸ばして受け取る人もいる。「どうも」とか、「ありがとう」とか言ってもらえるなら救いはあるが、まるでばい菌がやってきたとでも言いたげに、奪うように手を引っこめることもままあった。

——まあ、いいけど。気持ちはわかるんだけど。

胸の内でそうかえしながらも、心が淀んでいくのを感じる。

緊急事態宣言が出ているいまは、自分が感染しないこと以上に、人に感染させないことを意識しなくてはならない。どこで誰と濃厚接触しているかわからない配達員となんて、できることなら触れたくないだろう。でも、その気持ちは僕らだって同じだ。

受け渡し以外の時間は誰かと会うこともない。そりゃあ、自転車を走らせているときは、息苦しさにマスクをはずすこともあるけれど、街中で配達員仲間と声をかけあうときはちゃんとマスクをするし、ソーシャルディスタンスをとることも心掛けている。

独り暮らしの僕は屋外でしか人と話さないから、家族持ちの人たちよりもずっと感染の可能性は低いはずだ。

それでも、彼らにとって僕は危険物そのものなのだと、冷たい態度で応対されるたびに思い知らされた。

「なんでそんな仕事をしてるの」と、同情あるいは馬鹿にするような口調で、周囲から言われたこともつらかった。

なんで……って。

実演販売という、人と人とのコミュニケーションが前提に成り立つ仕事を本業とする僕に、ほかに何をしろというのか。実演販売の仕事を再開できないのなら、いまできることを、可能な範囲でやるしかない。それは、家にこもっている人たちと僕とで、何も変わりがないはずなのに。

誰もいない街を駆け抜け「ここは俺の土地だ！」と全能感に浸ることができたのも最初だけで、しだいに僕の心はくさくさしていった。

いまはそれなりに稼げてはいる。だけど、いつまで続くのだろうか、こんな暮らしが。

いつになったら僕は、人に戻れるのだろう。

そんなふうに、ぐるぐると考えるようになった頃、あのおじいさんに出会ったのだった。

日本三大と呼ばれる霊園の一つを、デリバリーの仕事の帰り道で通り抜けることにしたのは、そこが桜の名所としても有名だからだ。

接客仕事の醍醐味は、誰かに感謝されたり、役に立てていることを実感したりすることだと思うのだけど、接触を忌避される状況では、稼げるということ以外に楽しみが見いだせない。朝から晩まで働き詰めの僕にとって、誰もいない場所できれいな景色を独り占めするということが、ささやかな息抜きになっていた。

その霊園は、街灯に照らされた夜桜がきれいなのだと、いつだったか誰かが言っていた。それを思い出して、ちょっと遠回りにはなるけれど、寄ってみようと思いついた。

霊園、つまり墓地を深夜に通り抜けようなんて、ふだんなら絶対に思いつかないし、実行することもまずない。

でも、その霊園の夜桜の映える並木道は、想像以上に美しかった。すっかり魅入られた僕は、仕事帰りに立ち寄るのが日課となった。

そんな、ある晩のことだ。

いつもと同じ、夜中の二時か三時頃だったと思う。

ひときわ美しく咲き誇る桜の木の陰に、ぼんやりとした影があった。直前まで、それが何のシルエットなのかわからず、間近に近づいてようやく、ポロシャツを着たおじいさんだと気がついた。

「うわっ」

思わず声をあげて驚いた僕に、おじいさんも、

「うわっ」

と同じようにのけぞった。

「びっくりした。驚かせてすみません」

「お疲れさまです」

見知らぬおじいさんだけど、労《ねぎら》いの言葉をもらえたのがうれしかったのをよく覚えている。

まだ背中は曲がっていないけれど、これから曲がりそうだなあ、という感じのたたずまいで、マスクもせずににこにこしながら桜を眺めていた。

お仲間か、と僕の頬は自然とゆるんだ。きっと、この時間ならマスクを外して桜を眺めても、人の迷惑にはならないだろうと考えたにちがいない。

この夜桜が自分だけのものではなかったという落胆よりも、同じ景色を誰かとわかちあっていたのだという喜びのほうがダントツに勝った。

それから僕は霊園を抜けるたび、なんとはなしにおじいさんを探すようになった。家にこもるのに飽きて、誰もいない時間帯を見計らい、ひとりで散歩しているのだろう。おじいさんはいつも同じ樹の下にいて、僕に気がつくと「お疲れさま」とわざわざ声をかけてくれた。

うれしかった。その一瞬があるだけで、次の日からも頑張れる気がした。

それほど僕は、人との触れあいに飢えていたのだ。


おじいさんと出会って少しした頃、久しぶりに友人と会う約束をした。

やはり独り暮らしの友人は、会社からの保障でなんとか生活できてはいるものの、誰とも会えない、話せない生活に追い詰められていた。このままでは宣言が解除される前に心が病んでしまうと、僕にSOSを求めてきたのだ。

どうせなら、あのきれいな夜桜を見せてやろう。そうすれば少しは心が晴れるに違いないと、僕らは近くの公園で待ちあわせることにした。

「どこ行くんだよ。そっち、墓しかないだろ」

「いいから、いいから」

僕のバッグの中には、缶ビールが二本しのばせてあった。夜桜を見あげながら、二人で乾杯するのも乙だろうと思ったのだ。

「どうだ、きれいだろう。毎晩、この道を通って帰っているんだ」

この桜並木は僕のものだと言わんばかりに、友人と肩を並べて歩いていた。そうして並木道の半ばまで来ると、いつものように、おじいさんの姿を見つけた。

これまでは自転車で走り去りながら頭をさげるだけだったけど、今日はちゃんと挨拶ができる。僕は笑顔を浮かべておじいさんに近づいた。

「こんばんは。きれいですね」

「ああ、きれいだね」

「今日もお疲れさまです」

「うん。お疲れさま」

そんな会話を、したはずだ。

おじいさんの笑顔も、座っていたときの足の角度も、穿いていたスラックスの色も、僕はいまでもはっきり覚えている。

夜の不思議な静けさに酔いしれながら、友人とともにその並木道を歩き続けた。霊園を抜けた後、しのばせていたビールを出し忘れたことを思い出した。せっかくだからあのおじいさんとも一緒に飲めばよかった。

抜けた先の階段をおりながら、僕は缶ビールを友人に渡した。

「ごめんごめん、最初に渡しておけばよかった」

だが友人は受け取らず、怪訝そうに僕を見つめた。

「……なあ、いま何してたの」

「え？　何って？」

「いやだから……何してたの」

質問の意図がよくわからなかった。

一緒に並木道を歩いて、夜桜見物をしていたではないか。それ以外は、

「仕事帰りによく会うおじいさんに挨拶しただけだけど」

それだけだ。

友人はますます眉をひそめて問い詰めてくる。

「何言ってんだよ。誰もいなかったじゃん」

「いや、いたでしょ。桜の木の下に。あ、木の陰で隠れて見えなかった？」

「隠れてっていうか……え、本気で言ってる？」

「え？」

友人いわく。

霊園に入ったとたん僕は表情が虚ろになって、並木道をまっすぐではなく、墓地に向かって斜めに歩きだしたらしい。そして、ある墓石の前で止まったかと思うと、何事かをぶつぶつとつぶやきはじめた、というのだ。

「まさか」

僕はあえて大げさに笑った。

「お前と話しながら、一緒にまっすぐ道を歩いていただろ。そんで、その途中にいたおじいさんに声をかけた。それだけじゃん」

「まっすぐじゃないし、俺とは何も話してない。急に無言になって、墓石をめがけるようにして、ひとりで行っちゃったんだよ」

さすがに僕は声を失った。

「大丈夫かな、どうしたのかな、と思って様子を見てたら、何事もなくこっちに戻ってきて。でもやっぱりぼんやりした表情のままひとりですたすたと歩いていくから、俺、あわてて追いかけたんだ。それが、いま」

「え、いや、嘘だろ?」

「嘘じゃないって。お前……大丈夫?」

「お前と会話……してなかった? 歩きながら」

「全然してない。俺が、おおい、っていくら声をかけても、全然リアクションしなかったし」

「そんな、はずは……」

さあっと冷たい風が吹いて、さわさわと葉が揺れる音がした。

じゃあ、僕がさっき言葉をかわした相手は、誰なんだ？

歩きながら、僕は誰と話をしていたんだ？

急に不安になった。いま目の前に立っている友人は、はたして本物だろうか。耳にしている風の音は、彼にも聞こえているのだろうか。

そもそも、この世界は本当に存在しているのだろうか。

僕はわけもわからず、立ち尽くした。


それから、その霊園には一度も、足を踏み入れていない。

もちろん、あのおじいさんにもあれ以来会っていない。怖くなんかない、と言えば嘘になる。けれど、おじいさんに対して、僕が「うれしい」と思った気持ちもまた嘘ではなかった。僕と小さなやりとりをかわしてくれたおじいさんは、僕の存在を確かに認めて、会話してくれたたったひとりの存在なのだから。

人とのつながりも、自分の未来も、いまはあらゆるものが不確かだというのなら、あのおじいさんが、人との接触に焦がれる気持ちが見せた幻でも、もしくは霊園に棲まう幽霊でも、僕にとっては、どちらでもいいように思う。

フードデリバリー業界編

集まったのはフードデリバリーの経験者四人。ウェブマーケターのユミさん。都内を中心に実演販売士として働くヨッシーさん。アイドル経験を生かし、プロデュースも行う紗《さや》香《か》さん（仮名）。お笑い芸人として活動中の宮城《みやぎ》博康《ひろやす》さん（仮名）。

――あらゆる場所や人へ商品を届けるフードデリバリー。配達手段は〝なんでもＯＫ〟だとか。

ヨッシー　僕はどちらかというとスピードを重視します。配達するときは。なので基本的には速いクロスバイクです。

ユミ　朝の七時から深夜十一時や〇時までぶっ続けで自転車漕いで、一日百キロとか走ったりしていました。

宮城　僕ぐらいに稼げている人は、バイクなんですよね。それで、稼げてない人は自転車なんですよ。稼げていると思うんですけどお二人は。でも、自転車だと一日フルでやったら、あぁもうってベッドに飛び込むくらい疲れると思うんですけど、僕は別にふぅぐらいで。普通に飯食ってテレビ。疲れないからバイクですね、絶対。

紗香　ガソリン入れますか？

宮城　ガソリン入れます。

紗香　駐車しますよね？　信号止まりますよね？　私は一切その悩みがないです。

ユミ　徒歩配達？

紗香　はい、歩きでやってるんです。歩きの場合って基本一キロぐらいなんですよ。数百メートルですとか、所要時間五分ですとかの依頼で。基本十分以上かかるのは受けないんです。

宮城　一時間で最高何件？

紗香　一時間で最高五件。その日は雨の日で、ピークの時間帯にすごく依頼が入ったんですよ。雨だからピークの一時間で三千円ぐらい入ったんですよね。いろいろ加算されてチップもらって。

宮城　でもしょっちゅうではないですもんね。

紗香　そうですね。

ヨッシー　いま「やっぱりバイクだ」って思ったでしょ（笑）。

――見知らぬ場所に、ふと迷い込んでしまうこともあるそうですが、住所がわかりづらいときはどうされますか？

ユミ　手がかりとしてマンション名がわかっていれば、新築のマンションとかって地図にまだ載ってなかったりするんですけど、検索かけると新築マンションの画像が出てきたりするので、外観が合ってるなっていうふうに確認します。

紗香　住所プラス地図が表示されるんですよ。住所と地図でそれぞれピンが刺さってるんですけど、違うところに刺さってることがありますよね。だから、住所を改めてほかのサイトで検索して「あ、こっちかな」とか。あと同じ住所で複数の建物がある場合。建物名が書いてなくて部屋番号だけだと、どっちか判断できなくて、チャット使って依頼人に問いあわせたりとか。

――届け先が曖昧だったり、言葉が通じないことでトラブルに巻き込まれることもあるとか。

宮城　情報が少なかったので、住所を聞こうとお客様に電話したんです。電話が繋がったら、声でわかったんですけど外国の方だったんですよね。なのでちょっと聞きだせないかなと思いつつ「あのー住所の入力が不十分だったので、住所詳しく教えていただけませんか？」って尋ねたんですが、話してるそばから電話相手の女性がわーって外

国の言葉で言っていて聞き取れないんです。それで、「わかりました、ちょっと探してみます」って切ったんですよね。番地と七〇一号室までは書いてあるから、その番地のエリア内の七階以上のマンションだなと思って探すと三棟ぐらいありました。あとは当てずっぽでインターホンを鳴らすしかなくて、一軒目は鳴らしたら外れて、二軒目に鳴らしたところでマンションのセキュリティドアが開きました。無言だったんですけど、「ああここだったんだ、あぶねー合ってた」と思って七階にあがって、七〇一号室のインターホンを押したらドアが開いたんで商品渡そうとしたら、体格のいい男性が出てきて急に胸ぐらをつかまれたんです。そのマンションは部屋の前が外廊下で、胸ぐらをつかまれたまま外に面したへりに押し付けられていまにも落とされそうな状態になって。このまま落とされるのかと思ったら今度は部屋の中に引きずり込まれそうになって、慌てて逃げだして階段で下まで走って交番に駆け込みました。リアルに幽霊とかより怖かった。身の危険を感じたんで。

ヨッシー　お客様とのトラブルが起こりそうなパターンはいくつかあります。「何時まで待たせるんだ」とか、「これ冷えてねぇか」とか、「なんか汁漏れしてないか、こぼれてないか」といった話はありますよね。

宮城　自分はだいぶ震えてたよ。本当に怖かったから。

――それでも、この業界ならではの魅力とは何でしょうか？

紗香　私は働くというより、けっこうゲーム感覚みたいに感じていて、意外と楽しみながらやれているのもあって、全然飽きないですね。毎回自分がどこに行くのか、どのお店に行くのかも、その瞬間にならないとわからないから飽きないし、普段の生活範囲じゃ行かないところへ行けるのも意外と好きで。気づいたらお金が貯まっていくし、何も資格もなく道具もなく、ただ時間さえあればいつ、どの時間でも身体一つでできちゃうので、そこがメリットかなって思っています。

〝昭和〟の終わりとアプリ社会

日本各地の怪談の多くは、伝統的な地域のしきたりを破ったことから起こる。村の大切な森の木を切ってしまう――たとえば、そんな既存の常識や敬意に対する配慮を欠くことへの戒めである場合が多い。だが、今回私たちが迫った「業界怪談 中の人だけ知っている」は、従来の「日本の怪談」とまったく位相を異にする。

さまざまな業界の中の人だけが知る怖い話。「業界怪談」の背景にあるのは、現代日本に巻き起こる大変動。つまりは、〝昭和〟の終わりとアプリ社会のはじまりだ。昭和の終わりを引き起こしたのは、二〇二一年の東京オリンピックである。東京だけでなく全国の大規模な再開発を引き起こした。

清掃業界の怪談は、引っ越し後の清掃でのことだ。夜中に赤ちゃんの泣き声が聞こえる。掃除を終えるとその子がハイハイした跡が残っている。その不気味な状況に清掃員は逃げだしてしまう――というものだった。誰が住んでいたのか？　かつて住んでいた若い夫婦と赤ちゃんが、ある日、突然消えてしまったことを後から知る。引っ越ししてきた家族は、両隣の部屋に手土産を持って挨拶し、引っ越すときも別れを告げる。そんな昭和のアパートでは当たり前だったルールが忘れ去られたところに起こった怪談だ。

登山業界の怪談は、山の男たちなら当たり前の常識が崩壊しつつあるいまの山の社会から生まれたものだ。かつて山は怖いものだった。サンダルで山に登るなど非常識、服装も持ち物も、山に安全に登るためのルールがあった。日暮れになったら山は下りなければならず、暗がりの中で山に登るなどもってのほかだ。そんな「昭和のルール」は教えられなくても、山に入る人はみな身につけていた。ところが登山の怪談は、山のルールを飛び越えてしまった者に起こっている。日暮れの山道で出会った白装束の女たち。うっすらと浮かぶ不気味な光景は、かつて山に迷って命を失った素人登山家たちの遺体が折り重なった場所だった。

第二次世界大戦の焼け野原につくられた建物の数々は、そこにあった古木を別の場所に移植したり、お稲荷さんなどの祠を作り直したりなど、多くはその地にあったさまざまなものへの敬意抜きには工事は行われなかった。ところが二〇二一年の東京オリンピック以来、各地の大規模工事現場で幽霊の姿を目撃したという怪談が広がっている。

東京大空襲では区部の五十パーセントが消失した。いまでも地面を掘りかえすと、焼けただれたレンガや人骨が次々と発見されている。点滴を吊るしながら工事現場に現れる女性の姿。昔そこは空襲を受けた病院の跡地だったという。そのような都内の建築現場では、かつてあった建物の記憶が怪談としてよみがえる。

こうした「業界怪談」はこの先どうなっていくのか？　コロナ禍でいっそう存在感を強めた多種多様なアプリ抜きには語れない。

誰がどこから呼んだのかわからないまま、場所と時間を表示するタクシーアプリ。しかし着いてみると、そこは見知らぬ山の中。調べてみるとかつて誰かが首吊り自殺をしたと伝えられた場所だった。フードデリバリーもいまではアプリが主流だ。配送員は見知らぬ人のもとへと送り届ける。

そしてコロナ禍で、パソコンが広げていくリモートワークという新たな生活様式。在宅勤務によってリフォームの需要が高まった。きれいに改装されたその部屋は、そもそもどんな土地に存在するのか？　さまざまに起こる事件と過去との因縁とは――。

〝昭和〟の終わりとアプリ社会。「業界怪談」はあなたのそばにも広がっている。

「業界怪談 中の人だけ知っている」プロデューサー・NHKエデュケーショナル　森《もり》博明《ひろあき》

業界怪談
中の人だけ知っている

テレビ番組制作スタッフ

企画　檀　乃歩也
出演　三浦翔平
語り　小田切　千

◉再現ドラマ出演

「清掃業界」
設樂康太　石川皓一　芦原優愛
宮坂博隆　中井佐和子　本木敦子

「建設業界」
蟻川光平　森　喜行　日方　想
野田翔太　中宅間敏彰　天野充人

「登山業界」
坪内　悟　金子晄士　藤本　至　日栄洋祐
金　善　中原嘉路　森脇稜子

「タクシー業界」
川連廣明　福地亜紗美　村尾俊明　太田靖則

「リフォーム業界」
高野アツシオ　むかい誠一　此田美加　大和やち　久田悠貴
ガンリキ佐橋　森田亜沙美　麻里万里
神代　丈　秋島和良　倉澤志央

「フードデリバリー業界」
小野春花　五百蔵久子　荒立竜次

「美容師業界」
奈良平愛実　南　彩夏　矢新愛梨　増渕立騎
本間　碧　なおたむ　今野円佳　成田理沙

「葬儀業界」
宮川浩明　秋江一　杉本安生　斎門政之　坂田遥香
渡辺裕也　稲葉凌一　角田佳代　小林じゅな

脚本／演出　山口恒治　原 佑基　石川二郎
小林未緒　馬場友佳里
撮影　戸田義久　辻 智彦　山川邦顕
井上裕太　佐藤洋祐　小寺安貴
音声　平戸孝之　戸田裕士　菅沼緯馳郎　松島 匡
黒木禎二　野澤勝一
照明　守利賢一
美術　佐々木記貴
スタイリスト　根岸 豪　中村 絢　佐藤友美
メイク　岩本みちる
特殊メイク　土肥良成
キャスティング　河合寛之
編集　大重裕二
グレーディング　織山臨太郎　小山田 智
題字　安部 創
CG　庄野嘉純＋ウイル　山本 輔
映像技術　池田 聡
MA　富永憲一
スタジオエンジニア　岩手美波　大谷侑史　小野思織
選曲　増子 彰
音響効果　大島 亮　渡辺聡志　古屋 陸

助監督　近藤有希　山口通平　高野 平
制作　森脇可実　於保清見　鹿野 諒
AP　伊藤草良　尾関香織
リサーチ　森 祐介　工藤彩夏
撮影助手　徳山敦己　進藤早代　今野ソフィアン　中森拓実
録音助手　遠山浩希
照明助手　伊東佳純　蟻正恭子
照明応援　嶋田望美
美術助手　上田一元
メイク助手　松浦亜子
技術応援　藤田秀成
応援スタッフ　可香谷 慧　杉本 誠　越智喜明　菊嵩稔章　島崎真人
小楠雄士　永喜理恵　西村緑美
制作統括　森 博明
藤田英世　斎藤直子
新津総子
制作　NHKエデュケーショナル
制作・著作　NHK
ドキュメンタリージャパン

怪談小説は番組での再現ドラマを参考に、
それぞれの体験者たちへの独自取材をもとに構成したフィクションです。
登場する人物、企業・団体名、事象等は実在するものとは一切関係ありません。

橘 もも（たちばな・もも）
1984年、愛知県生まれ。2000年『翼をください』で小説家デビュー。
著書に『忍者だけど、OLやってます』シリーズ、
ノベライズに『小説 透明なゆりかご』『小説 空挺ドラゴンズ』など。
立花もも名義でライターとしても活動。

書籍Staff
取材・執筆（怪談小説）：橘 もも
装丁：bookwall
挿絵：中村 隆
校正：月 鈴子
DTP：NOAH
協力：ドキュメンタリージャパン／NHKエデュケーショナル
参照：YouTubeチャンネル「シークエンスパパとも」

業界怪談　中の人だけ知っている

2023年10月5日　第1刷発行

編者　NHK「業界怪談 中の人だけ知っている」制作班

発行者　松本浩司

発行所　NHK出版
〒150-0042　東京都渋谷区宇田川町10-3
電話　0570-009-321(問い合わせ)　0570-000-321(注文)
ホームページ　https://www.nhk-book.co.jp

印刷　啓文堂／近代美術

製本　藤田製本

定価はカバーに表示してあります。

落丁・乱丁本はお取り替えいたします。
Printed in Japan　ISBN978-4-14-081949-4

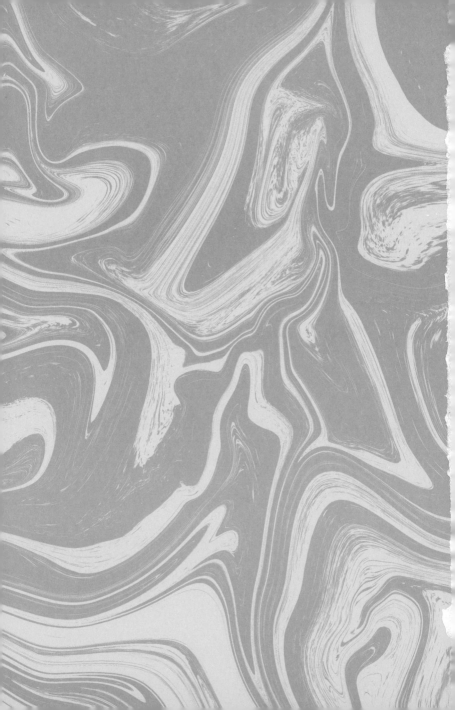